读客外国小说文库

激发个人成长

岛上书店书系

玛格丽特小镇

[美]加·泽文 著 | 李玉瑶 译

MARGARETTOWN

致 *M. & D.*

目 录

床上的玛吉

1

初识玛格丽特时，我住在一间地下公寓房里。租金公道，地段在我所能支付的房子当中也是最好的。从地下往上瞧，视野不算理想，但很有趣：大多是人们的鞋子，有时还能瞅着小腿的一部分，还有那些只有一两岁孩子三分之一高的小狗。我学会了如何根据鞋履来识别自己的访客。那时，定期来访的只有我的姐姐贝丝，她会穿着那双劣质不堪的仿麂皮绒凉鞋；还有就是玛格丽特，她穿的鞋子总是随着心情的变化而不同。

我过着一种奇异的地下室生活。黑夜与白昼的区别变得不再那么重要。那些在地上体面之处绝迹的各类虫子是我的常伴之客。雪融化后，房间里便是一片汪洋。每逢收垃圾的日子，我都得紧闭窗户。屋里的暖气不再运作，室温终年维持在46华氏度[①]。住在楼上的房客们与我接触时也都难掩狐疑之色。因为住在地下室，我很自然地变成了“住在地下室的那个人”。

我唯一的一件家具，还是从我念研究生的那所大学里偷来的。正经的床是没有的，只有两张加长的单人床垫。我一个人睡时，便把两张床垫叠起来。有客人来时，则把它们并排铺展，靠在一起拼成一张床。去年一年，我都只有玛格丽特·玛丽·汤这一位客人。那些日子里，我管她叫玛吉。

尽管我拼尽全力，两张床垫也从来没法拼在一起。夜里，两者之间总会出现一道神秘的空缺。玛吉和我最后就像五十年代电视秀里面的海难幸存者一般，在各自的床垫上孤独地漂流着。一天夜里，她爬上我的床，硬说自己冷，后来就再没回过自己的床垫。

玛吉大学毕业（她的年纪比多数同学都要大，当时已是二十五岁）之后的一个晚上，我半夜醒来，发现她坐在两张床垫之间的空隙里，双手抱着膝盖，正无声地啜泣着。她的脸被又长又直的红色头发给遮住了。我问她怎么了，她沉默良久，没有回答我。

“我被诅咒了。”最后她终于说道。

“不，你没有，”我说，然后又认真想了想，“嗯，你说的

① 即7.7摄氏度——译者注（本书中注释如不作特别声明，均为译者注）。

‘被诅咒’是什么意思？”

“有一些关于我的事情。”她固执地说。

“什么事情，玛吉？”

“有一些关于我的事情。你发现后就会鄙视我的，我知道。”

我向她保证，我绝不会鄙视她，事实上，我爱她。

“我不是你心里以为的那个人。我是说，我或许是你心里以为的那个人，可我还有其他部分。现在的我只是你印象中的我的一部分。我跟别的女人不一样。”

“哦，玛吉，”我说，“玛吉。”那时我三十一岁，她所说的状况在我看来只是二十出头的年轻人常有的可爱烦恼，“玛吉，每个人毕业时都会经历这个阶段。”

她透过浓密的头发往外看。她摇摇头，神色暗淡地瞥了我一眼。“如果明天一切都变了……都变糟了，我是说……我们的这段时光，这几个月真是太美妙了。我喜欢这个地下室。我喜欢我们一起住在这里。”

她吻了吻我的额头，似乎带着点屈尊俯就的意味，然后回到另一张床垫上去睡了，这是她移居到我床垫上之后的第一次。

那晚剩下的时间，她睡得很沉，而我被弄醒后则是整夜未眠。我清醒地躺着，满脑子都是她。就我所知，这正是她想要的结果。

我想起去年十二月在联邦大道遇见玛吉的情形。我们当时已经同床共枕过一回，可我不确定我们以后还会不会这样。她看到我时，大笑着喊出我的名字。她迫不及待，不等我先认出她来。

“真高兴，还好我穿了一双好靴子。”她说，“我本来已经要出门了，穿着冬天的木底鞋，但就在最后一秒我决定换上靴子。”

我瞧了瞧她的鞋。是薄薄的黑皮革靴，鞋头和鞋跟都尖尖的，看起来不太能御寒。“这就是你的好靴子？”我问。

她笑了。“跟我的木底鞋比起来，确实是的。你好像不认同？”她又笑了，“我当时有那种感觉，那种知道要遇上自己的前任，或是值得把自己收拾得漂漂亮亮一起约会的什么男人的感觉。没想到会是你。”

“要是知道是我，你还会穿这双鞋吗？”

她扬起头，笑容慢慢漾开。“是的，”她说，“我会的。”

那慢慢漾开的笑容。我的天哪。

玛吉在另一张床垫上打着呼噜，而我回想起了对她表白那天的她。

“我爱你。”我说。就在说出口的一刹那，一辆车子鸣响了喇叭，好似考验我一般。我不确定她是否听到了，只好再说一遍：“我爱你。”

她看上去说不出是困惑还是欢喜（玛吉脸上的表情总有点模棱两可，这两种情绪可能看起来一模一样），不过她一言未发。片刻之后，她沿着街道跑掉了。

大约六个小时后，电话响了。“我爱你。”她说完就挂了。

中间那段空缺，究竟意味着她爱得更多还是更少？要是没有空缺的话，我会觉得她是本能地说出这话的，这可能是好事也可能是坏事。毕竟，要是你朝谁开了一枪，他肯定也会回射你一枪。但有了那段空缺，我知道玛吉说出这话并非出于本能。我知道她在那六小时里，一定大部分时间都在思忖我的表白，考虑该如何回应。的确是经过了长时间的深思熟虑，是的，但终归还是可以相信，她说的是真心话。

在说爱她的那一刻，我其实并未太深刻地感受到我所表达的那种爱意。我只是无比渴望听到她的回答。又或者，我只是想把话说出口。有时候，我们会言过其实。有时候，我们会说一些不是那么真实的话，暗自希望说出来后即会成真。这一次，效果达到了；因为那段空缺，我爱上了她。

透过卧室的窗户，可以看到人行道笼罩着淡淡的灰蒙蒙的光。这或许是入夜的信号，也可能是破晓的迹象，全看各人的不同视角。我今晚是睡不着了。于是我便开始回想床上的玛吉，回想初见时她躺在那里的情景。

在遇见她之前，我已经在一连串毫无意义的名字中看见过她的名字（玛格丽特·M.汤）。她是一门哲学必修课的学生，我恰巧是她所在那个分班的助教。学期业已过半，她一次都没在讨论课上露过面，甚至连课程所需的那套教材都没买过。我给她写过纸条，寄过信，把助教该做的事都做了。那个时候，学校正在大力推行“关注个性化”的政策：U大学实际上只是某所大型学校或是别的什么无聊玩意儿下属的一所小型文科大学。然而这一政策意味着在让玛格丽特·M.汤挂科前，我至少得找她面谈一次。

她住在一栋煤渣砖盖的宿舍楼里，这地方素来是给U大学的边缘人住的：结过婚的，交换生，转学生，或是“较成熟”的学生，等等。每所大学都有这样的宿舍楼。乘电梯上楼找她时，我便怀揣着她也是个异类的念头。

来到她住的那层，只见几个猜不出国籍的外国学生正在开一场派对。一位穿着紧身连衣裤的女孩递给我一碗冒着泡泡的红色食物。我委婉地拒绝后，问她能否指给我看玛格丽特·汤的房间。女孩叹了口气，指了指过道的尽头。

她的房门上挂着块写字板，上面用紫色墨水写着她的名字。玛格丽特（Margaret）的“M”的上半部分，和汤（Towne）的整个“e”都被擦掉了。字写得工工整整，是颇为老式的写法，就好像笔者曾经在只有一间教室的学校里学过书法（而且很可能别的都没怎么学）。我已经准备好见到一个家境富裕、没有头脑的女孩，这类人在U大学多不胜数。

我敲了敲门，让我诧异的是，门自己开了。房间九英尺[①]长、七英尺宽，三面都是煤渣砖，看上去颇像间囚室。摆下一张标准配置的加长型单人床后，就没剩下多少空间了。床板上叠了大约有七张床垫。在这堆垫子上面的正是玛格丽特·汤本人。她长长的红头发乱蓬蓬的，有点缠绕打结。她的眼下有黑眼圈，看上去又像要哭又像要笑，或者只是精疲力竭罢了。[简，你可能会觉得七张垫子应该把人抬得很高了，但是U大学的床垫都薄得可怜。七张U大学的床垫，只相当于世界上其他任何地方的两张那么厚。]

“累死了，”她说，“我感觉好像很多很多年没睡过觉了。”

“玛格丽特，我是助——”

她打断了我:“你看上去也很累。”

她说这话的样子，差点儿就让我哭了出来。“是的，”我说，“我是很累。”

“要是你愿意的话，可以睡在这里。”她主动邀请。

“睡在你床上？”我不敢相信。

“睡在我床上。”

---

① 一英尺约等于30.48厘米。

于是我睡了。这样的大方邀请可不是天天都能碰上的。

我在次日下午醒来，是个星期五。她正盯着我看。

“睡得如何？”她问。

“还行。”我打了个哈欠，“玛格丽特，这么多床垫是怎么回事？”

“我以为它们能帮助我入睡，可事实上并不起作用，”她一边说着一边从床上爬起来，“我要去刷牙了。之前就想起来了，可又不想弄醒你。”

我躺在玛格丽特的床上，享受着充分休息过后的幸福感。我往床中间移动，就在那时我感受到了——一块凸起。虽然很小，但能摸到。我从床上起来，掀起第一层床垫。什么都没有。又掀起第二层。什么都没有。接着第三层，第四层，第五层，第六层。什么都没有，没有，没有，没有。最后，我掀起第七层床垫，紧贴着床板的那层。我在那里找到了它——一支钢笔。一支陈旧的比克黑钢笔，一头有轻微咬过的痕迹，是那种一美元能买十支的普通钢笔。

她重新回到房间，高高地仰着头。

我把这个硌人的东西拿给她看，“你睡在一支钢笔上了。”

“钢笔。”她笑着说，“哦。”她从我手里接过钢笔，盯着它看了很久很久。她吻了我，对我说谢谢，接着又吻了我。她开心地回到床上，并邀请我跟她一起。我这么做了，简，我真这么做了。

“玛格丽特。”我开口道。

“大家都叫我玛吉。”她说，“你叫我玛格丽特时，我差点没反应过来你在跟谁说话。”她笑了，是那种缓缓的睡意缱绻的笑容，然后翻了个身侧卧着。“那支钢笔，不知道还能不能用。”

“可能用不了了，看上去太旧了。”

她很固执。“我还是想知道到底能不能用。”

我明白了她的意思，于是下床找来一张活页纸。为了让墨水出来，我开始心不在焉地画一个歪歪扭扭的无限符号。

“貌似不行了。”大概一分钟后，我说。在笔头的压力和反复的书写下，纸都要破了。

“再试一试，”她说，“拜托你了。”

于是我继续试。我改为画爱心。接着是字母表。然后开始写自己的名字。就在这时，钢笔开始出墨了。

玛格丽特笑了起来。“我真开心。”她说，“我都不知道为什么这么开心，可就是很开心。”她看着那支钢笔，仿佛它是世间出现的第一支钢笔。她看着我，仿佛我是这世上第一支钢笔的发明者。“那是你的名字吗？”她审视着我写的字问。

“是的。”我说。

“是个好名字。很高兴你叫这个名字。这是个相当不错的名字。”

“谢谢你，或许是的。”

“这笔，看上去是个好兆头，不是吗？”

我表示同意，确实是好兆头。

她又念了一遍我的名字，然后点点头。“你是《道德论证》课的助教，是吗？”

“是的，”我不情愿地承认，“实际上还是助教组长。”

“那课纯粹是无聊的胡扯，对吧？”

“没错。”我赞同。

“没错。”她重复道，“那现在，你干吗不回到床上来？”

于是我又睡了过去，但心却醒着。玛格丽特有种独特的方式，能让人觉得自己是世上第一个发现她床上这块宝地的人。

一层淡黄的色彩披上人行道，这意味着我彻夜未眠。我望向玛吉。她的红头发无处不在，她的双眼肿胀，口气很重，还有一簇若隐若现的小胡子。忽然间，我突然想和这个女人共度余生，不管她是否被诅咒了。无论发生什么事，无论她说什么或是不说什么，无论她做了什么或是将会做什么，一切都无法改变这一点。现在是清晨五点，我如此确信。

玛吉上周搬出了宿舍楼。我卧室的墙边摆满了她的箱子。（她在那间九英尺长七英尺宽的囚室里放下了数量惊人的东西。）在贴着“玛格丽特·汤——杂物”标签的箱子上，摆着打包用的工具，其中有一个大线团和一把刀。我从床上起来，从线团上剪下一段三英寸长的线。我爬上她的床，打量着赤身裸体睡在床单上的我的女孩。

一条腿弯曲着，一条腿是伸直的，然而两条长腿通往的是同一个尽头：一座小小的毛茸茸的山丘，浓密的黄色褐色的毛如同麦穗一般，掩藏着一口井。（那些日子里，我喜欢想象只有自己知道那口井的所在。）接着，是她腹部的广阔平原——光滑、柔软却不太平坦。越过平原是另外两座小小的山丘——很可爱，很可爱。在这两座可爱的小山丘之间，是一条狭长洁白的通道，那是她的脖颈。她的眼睛闭着，但我知道这双眼睛在有的光线下看是棕色的，有的光线下看则是金色的。她闻起来有苹果的香气，两颊滚烫，好似一对火炬，而她的红头发则像是西班牙房屋顶上褪色瓦片的颜色。这整片肉体的大地都将是我的，我一边在她手指上系蝴蝶结，一边这样想着。

“你在做什么呢？”她睡意蒙眬地问。

“打了结我就不会忘记了。”

“忘记什么？”她问。

“我想要记住的事情。”

“那你不是应该在自己的手指上打个结？”

“继续睡吧。明天可是漫长的一天呢。”

她翻过身来趴着睡。一秒钟后，她又翻身侧卧，冲着我微笑。“我给你腾出了地方，”她说，“你要是想睡的话，就睡这里吧。”

2

趁玛吉还睡着的时候，我偷偷溜出去，把雅克舅舅的蓝色敞篷车开了过来。雅克舅舅已去世多年，这车子是他留给我的，尽管如此，我仍然一直觉得这是他的敞篷车。雅克舅舅一辈子开的都是敞篷车，而且永远都把顶篷放下来。当被问及这个癖好时，他总爱用带比利时口音的卡通人物般的声音说道："随他怎么下雨，反正淋不到我，可不是吗？"接着他会像傻瓜一样大笑起来，好像他之前一千次没有给出相同回答似的。我十六岁时在一本历史书上看到，一位法国皇帝（路易十三还是路易十五？）说过"Après moi, le déluge[①]"，听起来正像是雅克舅舅会说的话。说真的，在学习整部欧洲史时，无论学到哪位法国暴君，我脑

① 法国皇帝路易十五（1710—1714）的名言，意为"我死后哪管洪水滔天"。一说为蓬皮杜夫人的名言。

海中浮现的都是雅克舅舅的面孔。春季学期快结束时，路易皇帝（路易十六还是路易十七？）被砍掉了脑袋，足以让我煞有趣味地浮想良多。

父母去世后，姐姐贝丝和我无处可去，母亲的弟弟雅克舅舅就收留了我们。我知道自己应该心怀感激，有时候我甚至确实如此。

回去取车意味着要和贝丝一起吃早餐。（车子停在她住的公寓楼的车库里。）那段时间，贝丝对所有事情都特别操心。她给杂志编辑写信；上街游行；制作传单和标语（还总是回收循环利用这些传单和标语）；参加集会；用铁链把自己锁在建筑物上；检查标签；对她的弟弟过度操心。简而言之，她做着一个人应该做的所有事情。

吃早餐时，我告诉贝丝我要把车开出去，帮玛吉把她学校里的东西搬回家。

贝丝皱起眉头，说："有些事情很让我担心。"到底是什么事情，她没有明说，我也知道不该问。反正她最后总会告诉我的。"有些事情很让我担心。"她又说了一遍，一边把粥舀到碗里。[简，我不太清楚粥和燕麦片到底有什么区别；我猜粥比燕麦片更可靠一些，因此我将粥与你姑妈联系在一起。]

我们沉默地吃了五分钟，谁都没说话。最后贝丝忍不住了，她说："我很担心你所选择的生活方式。"

这一次，我同样不需要回答。

“我爱你，”她说，“可我很担心。”

“我在考虑向玛吉求婚。”我对她说。

贝丝叹了口气，开始收拾餐桌。

“实际上，我觉得我已经求过婚了。”

“到底求没求？”贝丝追问道。

“我不清楚。”

“你应该想办法弄清楚。”她说。

我踌躇了一下。“嗯，如果她记得的话，那我就是求了。如果她觉得我求了的话，那我也算求了。不过我从来没认真地向她求过婚。没有说过这样的话。可是如果她觉得我求了的话，也无所谓。”

贝丝摇了摇头，随后给了我一个拥抱。正当她张口欲言时，我意识到自己可能会无法忍受她将要说的话。“玛吉和我该上路了，否则到她家就要太晚了。”我说。

“她住在哪儿？”贝丝问。

“我不清楚。”确实，玛吉只说她家很远，但至少开车能到。

贝丝叹了口气，开口说话。

“你是不是要说，我在娶她之前，应该要知道她的出身。”

“只是供你参考，我要说的是，如果你要挑选路线，接下来的几个小时别走95号公路，因为一辆油罐车刚在那儿出了事故。当然了，要是你在开车去她家之前，能知道她家在哪儿就最好了。”

“玛吉会跟我一起坐在车里。她可以给我指路。”

“她要是睡着了呢？”

“我可以叫醒她。”

贝丝摇了摇头。“我很担心，”她说，“非常担心。”

尽管她已经够担心的了，我还是决定问一件我真正想知道的事情。“当一个女人说她‘被诅咒’时，是什么意思？”

“呃，来例假了？”

“我觉得不是。”

“诅咒？谁被诅咒了？”

“没有谁。我只是问，‘诅咒’这个词有什么特殊的含义吗？我是说，对于女人而言？”

“是玛吉说她‘被诅咒’了？”

“当然不是了。是工作中碰到的，”我可怜巴巴地坚持说，“我在翻译阿伦特[1]的信件。”

贝丝挑起一道眉毛，“当一个女人说她‘被诅咒’时，你唯一能做的就是相信她的话。”

---

① 指汉娜·阿伦特（1906—1975），著名德裔美国思想家、政治理论家。

贝丝见过玛吉一次，是在一家电影院里偶遇的。玛吉和我正要去看一部电影，贝丝刚好看完另一部电影出来。

“你一定就是L了。”贝丝说。（L是我认识玛吉之前的女朋友。）

“她不是，”我赶忙说，“她叫玛吉。”

“你们打算去看那部？”贝丝指了指她右边的影厅。

“是的。”我说。

“那片子糟透了，”贝丝说，“不过他就喜欢看烂片。”她上上下下地打量着玛吉。“你的头发可真红。”她说。

“我知道。”玛吉承认道。

“你看上去更像是L，而不是玛吉，”贝丝对她说，“你真名是叫玛格丽特吗？”

玛吉顿了顿方才回答：“有时是的。”

我们把玛吉的行李搬上雅克舅舅敞篷车的后座。贴着“玛格丽特·汤——杂物”标签的那个箱子放不进去，她便把它留在了我的公寓里。我们下午三点上了路。

我们上车前，玛吉举起她的手。绳子还缠在她的无名指上。我开始怀疑系那根绳子是否是明智之举。

“我订婚了。”她说。

“拿什么订的？”我有点忸怩地问。

她举起左手。“这样我就不会忘记了。”她说。

“那你究竟不会忘记什么？”

“不会忘记我已经订婚了。”

我看着那根绳子，绳子已经有点磨起毛了。“要磨坏了。”

她耸了耸肩。“我知道。我本来是想把两头粘起来的。”她从衣袋里取出一卷捆包胶带，剪下细细的两条，“你能帮我一下吗？一只手很难搞定。”

“你为什么不干脆把绳子解开呢？”

“哦，不行，我永远都不会那样做的。”她摇着头，把其中一条胶带递给我，“你要知道，他在向我求婚时，亲手为我系上了这个蝴蝶结。”

“你可以解开再重新系上，他不会觉得有什么不一样的。”

“可我会觉得，”她说，“我需要另一个人帮我重新系上它。”

“你的男朋友——”

“我的未婚夫，”她纠正我，“未婚夫。”她喜欢说那个词，“未婚夫”。

“你的未婚夫一定是个浑蛋。”

“我的未婚夫很了不起。”

“那他一定很小气。”我把另一头也粘起来了，“搞定。”

“谢谢你。”她说，“可我的未婚夫一点也不小气。”

“只要一个线团，这家伙能娶到波士顿一半的姑娘。”

“我的未婚夫永远不会那么做的。”她有点受伤，我听得出来。

“对不起。”

“不过你真的觉得戒指意义非凡吗？那么多男人会给那么多女人买那么多戒指，而且……”她的声音渐渐小下去。

“哪有，你说得对。”我说，“我刚才只是跟你开玩笑的。”

“我喜欢我的这根绳子。”她坚持道。我握住她的手，她抽了回去。“可是你刚刚让我觉得自己很廉价。”她惨然一笑。

“我不是那个意思。”我说。

“这或许挺愚蠢的。”她叹了口气，“男人为什么不戴订婚戒指呢？仔细想来，这有点侮辱的意味。”

我摇了摇头。“订婚戒指实际上就是红字。”

“或是贞操带。”我又加上一句。

她笑了。“去年我们还拍卖掉几个贞操带呢，是我在宾夕法尼亚的一个旧谷仓里发现的。”玛吉当时刚结束在一家拍卖行的实习，那时她想成为一位估价师。

“谁买走的？”

“U大学女性研究系的一位教授买走了一个；一个专门搞此

类收藏的古董商人买走了第二个；至于第三个，我不知道为什么，但是我买下了。”

我扬了扬眉毛。

“没别的人想要。可能我觉得它怪可怜的。如果你什么时候想要借用的话，它就放在标为‘杂物’的那个箱子里。”

“我会记着的。”

“你注意过没，‘订婚’这个词是过去式[①]？”她问。“嗯，也不是严格意义上的说法。我是说，‘engaged’可以是动词‘engage’的过去式也可以是过去分词，但跟婚姻扯上关系时，它就是一个形容词。词末那个‘d’看上去总有点讨厌，你不这么觉得吗？”

“我不费吹灰之力就能解开那个。”我看着她手上的简易戒指说道，“他应该给你买一个真的，那就没那么容易解开了。”

她点了点头，把小手指也插进蝴蝶结的圈里。“要是认真想想，真的戒指也还是会滑落不见的。我要是解开这个结，那一定是因为我真的下了决心。”

“或许有人会帮你解开的。”我俯下身亲吻她的手，用牙齿咬住粘起来的绳子一端。它比我想象的要难解开，但她没有阻止我。“应该打两个结的。”我说。

① “订婚”一词的英文是“engaged”。

“我的未婚夫下次会的。”她回答说。

“你怎么知道他不是开玩笑的？”我问。

她眯起双眼，“你什么意思？”

“我是说，如果他只给了你一根绳子，你怎么知道他是认真的呢？”

她笑了。“我猜我确实不知道，”她说，“我以为他是认真的，但并不确定。”她又笑了，“说真的，我都不确定这重不重要。”

[简，回想起来，那根绳子或许缠得过早了。但我自有理由，因为我所知的关于她的事，已经足够让我确定自己想知道其他一切关于她的事；我对于她的了解，正是她所希望我了解的；我对她的了解，就像世上任何人对他人的了解一样。而爱情伊始不就是对彼此的好奇心吗？一个人为什么会坚持读一本书？书的第一句话？还不错。第一章？也还行。等你快读到第三章时，为何不干脆读完呢？]

她坐上副驾驶座，“砰”的一声关上了车门。“你先开第一段路。”她说。

“你到底住在哪儿呢？”我问。

“在纽约州北部，马尔伯勒和纽堡之间，”她说，“那一带很容易迷路，所以我来开最后一点路。”说完她便把头往车窗上一靠，闭上了眼睛。

“说来可能有些奇怪，”她说，眼睛依然闭着，“但我住的地方其实跟我叫同一个名字。我想最好现在告诉你一下，以免你会大吃一惊。”

“什么意思？”

“我来自一个名叫玛格丽特小镇[①]的地方，”她说，“其实也没什么，我只是觉得如果不提一下的话，会显得有些奇怪。”

我看着她，想弄明白她是不是认真的：她眼睛闭着，但从嘴形上看，绝不像是在开玩笑。不知道为什么，我笑了起来：“我猜是你以你们镇命名而不是你们镇以你命名。”

她也笑了起来：“我从来没完全弄清楚过。”

我们住进康涅狄格州的一家汽车旅馆。玛吉之所以想住这里，是因为旅馆招牌上写着每间房都有水床，而我们都没睡过水床。

房间里果然湿气很重，烟雾缭绕。玛吉想要的水床是心形的，中央似乎略微下陷。靠近床脚处有一个令人不安的水印。整体感觉这里更像拉斯维加斯的廉价旅馆，而不是在康涅狄格州。我们两人都精疲力竭，没有多加讨论便倒头躺下。

我们躺在黑暗中。越是想要静止不动，床越是摇晃得厉害。

---

① 地名原文为“Margarettown”，而说者的姓名原文为“Margaret Towne”，二者读音相同。

我很疲惫，却无法入眠。

“闭上眼睛。”她说。

我照做了。

“很容易想象我们是在一艘小船上。”她悄声细语，“很容易想象我们是在大海上迷失了方向。”

“你说自己被诅咒了，是什么意思？”我问。

“你在我手指上绑那根线，是什么意思？”她反问我。

“只是突然想那么做而已。”我没底气地回答。

“看到没？”她问，“床上说的话，不能太当真。”

“听起来像是幸运饼干里的话。”我说，“别人说什么你都不能相信只要是在床上。”

玛吉发出一声呻吟（在我听来带着亲昵的意味），我越过随之而起的波浪向她靠近。

3

贝丝说我应该写得更平实些，不要像写小说一样。我问她，她是写过了什么作品吗，否则怎能如此内行？她说，并不需要成为一位作家才能判断作品的优劣。

她说，最好的作品，语言明白易懂、用词精准、富有诗意，但又不会诗情泛滥。

就像《电视指南》那样？我略带讽刺地回敬她。

对的，她说，就像《电视指南》那样，因为《电视指南》的风格完全服务于它的主题。

还有，她说，里面写了太多我和玛格丽特的床事，小孩子不会想读那么多讲她爸爸妈妈床事的内容。

我说，关于养育孩子她又知道什么？

她说，你不就是我拉扯大的吗？

最让我不舒服的地方，她说，是开头讲你住的公寓那一部分。我记得那套公寓，她说。记得很清楚，那里的窗户都非常高。

怎么了？我问。

嗯，她说，你描述自己大概是还躺在床上时，看着阳光落在窗外的人行道上。我想告诉你的是，你躺着的时候是没法透过窗户往外看的。角度不对。

哦贝丝，我说，这是创作的自由。我需要用一种方式来表现时间的流逝。

好吧，但我觉得你应该精确一点，她说。

每个人都会有点自由发挥，说自己从不自由发挥的人是在撒谎。

还有，她说，我从来没用铁链把自己锁在建筑物上，而且我从来没有把她认作L，我很清楚L和玛格丽特的区别。而且我初次遇见玛格丽特不是在电影院，是请她来我公寓吃晚饭那次。雅克舅舅那时候也还没死。至于其他部分，我没法证实或是否认，因为我并不在场。但我觉得玛格丽特怎么都不像是会请素不相识的人到她床上去。还有“被诅咒”那个是怎么回事？我完全不记得那茬了，完全不记得。

这是我写的故事，我对姐姐说。幸好只要你乐意，随时都能向简讲述你自己的版本。

你也不该写你从U大学偷了家具。

贝丝，我说，这只是写给简一个人看的。再说了，都十五年前的事了。我实在不觉得还会有人为此追捕我。即使真有人来抓我，反正我六个月后也就不在了。

别那么说，她说。求你别那么说。

我就要死了，我说。这的确很过分，但也无力回天了。

我很喜欢提到粥的那部分，贝丝换了柔和的声音说道。我自己一直觉得那不过是团糨糊。

最后她终于让我一个人待着了。我承认，看到她离开，我很高兴。并不是说她对我文章的批评毫无道理。她说得对，我应该更加清楚地陈述目的。

简，我给你写这些文字，是因为你母亲去世了，而我也是将死之人。

在我死后，你会跟你的贝丝姑妈一起生活，她是个可爱又通情达理的女人。当然了，贝丝并不是你的亲姑妈。（只消瞥一眼她丰满的胸部和臀部，便可确凿无误地知晓这点。）但我还是支持你叫她贝丝姑妈。简，在这一生中，很多时候都需要认他人为亲人。

你六岁那年，你的母亲去世了，但不要为此感到悲伤。她很晚的时候才怀上你，你的降临让她满心欢喜。

不要过于责备我们给你取了简这个名字。“简”或许有点像父母硬塞给孩子的那类名字，因为他们穷极无聊或是心不在焉，不愿想一个更好的名字。然而就你而言，我们是左思右想才决定给你取名叫“简”的。你的母亲很讨厌各种昵称（她自己的名字就是那个会衍生出无穷无尽昵称的玛格丽特），想要给你取一个无论如何都不会有昵称的名字。“简就是简，永远都是简。”她在你出生时这样说。至于我，我从来（直到现在）都不觉得做个“平凡的简”有什么不好，如果“平凡”的意思是诚实、不张扬且意志笃定的话。我一直希望自己拥有这些品质，只可惜并未实现。

你的母亲，玛格丽特，于19× ×年出生于玛格丽特小镇。（到底是她以小镇命名还是小镇以她命名，我从来没弄清楚过。）她的中间名是玛丽。“如果我叫玛丽·玛格丽特，而不是玛格丽特·玛丽的话，”有一次她说，“我猜我的人生会过得轻松许多。”玛格丽特姓汤，直到她从了我的姓。然而不久，她就把姓奉还给我，重新成为玛格丽特·汤，自此未变。

她生下来时叫玛格丽特。还是小姑娘时叫梅；再长大点了叫米亚；成年后叫玛琪。她死之前，重新变回了玛格丽特。这些年还有其他名字上的更迭：白发毕现的老玛格丽特，我钟爱的性感得不可方物的玛吉，抑郁疯狂的格蕾塔，还有其他种种。有许许多多个玛格丽特·汤。有时候我问自己，玛格丽特怎么能同时是这么多不同的女人呢？简，答案是，你的母亲要么是独一无二的奇女子，要么就是再平凡不过的普通人。

我认识所有的这些玛格丽特·汤，只是现在她们都已不在了。我应该承认我爱过她们当中的大多数但并非全部吗？或许如果我当初也努力爱上玛琪，哪怕只是一点点，其他的玛格丽特也许就能活得久一点。或许吧——但这是后话了。

我们的故事其实开始于一个最具争议性的人物抵达玛格丽特小镇——就是我。是的，简，这是真的。很久以前，你亲爱的父亲是一个骗子、撒谎者，一个彻头彻尾的浑蛋。我那时就是人们所说的无赖。尽管我很不愿承认这点，但在这个故事里有时我确实是个坏蛋。而在其他时间，我是恋爱故事的男主角。现实中，坏蛋和恋爱男主角同为一人的概率，往往远比你想象得要高。人们常说，恋人通常都是小偷，的确，爱一个人就很难不从对方那里盗取某些东西。等你长大些，你可能会跟我争论。你可能会说真正的爱是不会盗取任何东西的。你可能会说真正的爱让一个人保持完整。那你就错了，简。爱情就像一个学步的贪婪孩子，只认得两个字，那就是“我的”。

不过，简，当你还是一个蹒跚学步的孩子时，你已经认得“我的”之外的很多词语了。你尤其喜欢的一个词是“柠檬”（它甚至可能是你学会的第一个词）。

4

回到路上，玛吉说：“我说我被诅咒，只是因为我的家人都有点古怪。我只是因为你要见到她们而有点紧张。”

“那倒说得通。”我说。

“我的——”她顿了顿，“我的姑妈们有个疯狂的想法，认为我上大学是为了钓男人。”

“哦，我猜那种想法现在还挺常见的吧。”

“是吗？”她的声音里透着期望。

“在某一代女性当中。没错，我想还挺常见的。”

“我的姑妈们都是老古板，不过我觉得自己又表现得太夸张了。”她笑起来，“有时候在夜半时分，会觉得一切都让人无法忍受，不是吗？夜半时分，我们都会变成无措的孩子啊。”

我点点头：“话说回来，你和家乡小镇同名，真是有趣。”

“是啊。”她说。

“其中有什么故事吗？”

“有啊。”她说。

“能告诉我吗？”

“以后吧，或许，”她说，“对了，什么时候要我开车了告诉我。”

“好的。”我说。

“对了，那里一个男人都没有。”她说。

“哪里？”

“我家。他们不是死了就是走了。走了的比死了的多。”

“你是想告诉我什么吗？”我问。

“没有。”她说，“我只是跟你说一声。其实我们对彼此了解太少了。”

[玛格丽特和我从未具体谈过自己的家庭，这可能会让你觉得有点奇怪。我自己的童年不太幸福，所以一般不会主动向别人打听童年生活。彼此相爱的两个人必须了解对方的一切，这是一句谎言。爱情当中必须时不时保持距离。]

大约中午时分，换她来开车。我想起来，我还从未坐过她开的车。道路错综复杂，蜿蜒曲折。

“我们总是开玩笑说，”玛吉说，“抵达玛格丽特小镇的唯一办法就是尽力让自己迷路。”

我们驶过一个苹果园。尚是初夏，果实看上去已是成熟待摘。“没想到这个时节就能摘苹果了啊。”我说。

“现在知道了吧。”她说。她把车子停到路边，伸手从果园围栏上的一根树枝上摘下一个苹果，递过来让我吃。我咬了一口。

“好吃。”我说，于是她把剩下的整只给了我。实际上，这只苹果一点儿也不好吃。第一口的甜味是骗人的，越是往里咬，越是苦涩的味道。

她打开电台，响起一首熟悉的歌：

打开你的那盏灯也于事无补，宝贝

我从未见过的那盏灯

打开你的那盏灯也于事无补，宝贝

此刻我的前路一片漆黑

“我爱这首歌，”她说，“听了几万遍，再听几万遍都不会腻，你知道吗？”她调高音量。

可是我依然渴望你能有所行动

来让我回心转意，留下别走

我们过去的交流实在太少了

所以别再想了，没事的[1]

“我可以余生只听这首歌。”她说，“每次听感觉都会有所不同。”

“或者可能是你自己每次都有所不同？”我这样说。

“有可能。”她说。

“玛格丽特小镇有什么样的故事？”我问。

“哎，所有故事都一个样，不是吗？男人和女人相恋或失恋。有人出生，有人死去。不是幸福收尾，就是悲伤结局，只是故事中涉及的人物各不相同。”她揿了三下喇叭，就像画出一个省略号[2]，接着我们重回路上。“某种意义上，”她说，“这些男人和女人其实也都一个样。”

大多数地方也别无二致。你知道自己到达某地的唯一办法是辨认路牌。现在我便要来描述一下玛格丽特小镇的招牌，尽管说实话，我是到那儿近一个月后才看到这个招牌的。

招牌（很不起眼、褪了色的木头招牌）上写着“欢迎来到”，下面一行的字写得更大些：格丽特小（第一个字和最后一个字都已剥落，很显然，它们已同小镇上的其他人一起，弃这里

① 鲍勃·迪伦的金曲之一《别再想了，没事的》（*Don't Think Twice, It's All Right*）。

② 英文中的省略号是三个点。

而去）。它和各个地方的此类招牌无甚差别。在底部该写小镇人口的地方，是一个难以辨认的不停被修改的两位数。人口可能是00，也可能是99，无法确定；唯一能知道的就是这里的人口从未上过三位数。一般的旅行者对于这一招牌，乃至整个小镇，都不会过多留意。玛格丽特小镇正是那种人们前往某地途中会路过的地方。可能是走错了路，转了两三个弯后发现来到了这样一个小地方。

前两夜我几乎都没合眼，于是离开果园重新上路后不久我便睡着了。我从未坐过玛吉开的车，对她的车技更是知之甚少，即便如此我还是为了睡得舒服点而解开了安全带，这样做或许并不明智。

我陷入了那阵子反复经历的一个梦境。事实上，因为这个梦出现得过于频繁，我甚至把它记在了贝丝前一年圣诞节送我的“梦境日记”里。[你的姑妈总是买一些糟糕透顶的礼物；我差不多是因为想看看能有多糟而对它们怀有期待。] 以下是我的记录：

我躺在一片汪洋大海中间的一张床垫上。正与一个女人做爱，但我不知道她是谁。看不见她的脸，因为被她的头发挡住了（她的头发是浅色的，不是浅黄就是浅红）。我不停地想把她的头发捋到后面去，但这样做很难。最后终于成功了，可我发现她根本没有脸。有几

次，她的脸是一面镜子，我在里面看到了自己，只不过

我变成了一位垂暮的老人。

这个梦不可思议地烦扰着我，因为它过于频繁，不依不饶地象征着什么，以戏剧性的夸张方式预示着某种不祥。我们的梦境总是这样，幼稚得令人汗颜。

从梦中醒来时，我发现玛吉倒在方向盘上睡着了，真的是睡着了，而我们的车子眼看着就要从一座小木桥的边缘落入下面的河流里。

我试图叫醒她。“醒醒！”我大叫。

一秒钟后，另一个声音回应着我：“醒醒，醒醒，醒醒，醒醒。”但不是玛吉的声音。其实是我自己的声音，尽管一开始我没听出来。后来我才知道，玛格丽特小镇这地方回音很重。

“玛吉！”我大叫，“玛格丽特！”

“玛格丽特玛格丽特玛格丽特玛格丽特玛格丽特……”回声不断。

我用力摇她，她终于睁开了双眼。她冲着我微笑，甜美却睡意尚浓。“我做了个很可爱的梦。”她说。

“梦梦梦梦梦。”回声重响。

“玛吉，我们要完蛋了！”

“完蛋了完蛋了完蛋了完蛋了完蛋了……”回声嘲笑着。

“哦，见鬼。”她说。

“见鬼见鬼见鬼见鬼见鬼。”回声大笑。

在最后的紧要关头，玛吉猛踩下刹车。这一反应还算及时，雅克舅舅的敞篷车和她本人总算逃过一劫。而我因为解开了安全带，则没有那么走运。

但别害怕，简。这里我还没死。一如每个负责的叙述者，我在故事末尾才会死。在这里，我受的伤仅仅是一条腿上三处骨折。

原本，我的计划是把玛吉送到她家，见一见她的家人，最多待上几天，然后就回我的地下室着手写毕业论文。但很显然，事与愿违。我最后在玛格丽特小镇度过了整整一个夏天（可能还要更久一点）。

来，亲爱的，乖乖蜷起来，我来给你讲个故事。有人说这个故事很像童话，但其实大多数此类故事都是如此（至少在开头部分）。如果时不时的你觉得它不太可信，我先行致歉。有些情节我已经忘了，还有些是我故意忘记的。没有记忆的人拿起笔时也会成为饱经世事之人。（这应该是哪位名人说过的一句话，但我记不得是谁了。）

免责声明到此为止。所有故事唯一的开场方式就是真的开始讲这个故事。

很久很久以前

1

我不记得是谁告诉我这座房子叫玛格隆。或许没人告诉过我？或许只是我自己在哪里读到的？我忘了房子前面有没有什么标牌。有关玛格丽特小镇最初那些日子的记忆都已模糊不清。

我也不记得自己是怎么被带到玛格隆的。（来到一个地方却不知道自己是怎么到达的，是种很奇怪的感觉。）从其他各种记忆里抽出片段重组起来，我想象当时初到玛格隆的情景大约是这样的：

> 驶过一座桥，桥下是湖泊，旁边矗立着悬崖。过了桥，眼前是两条分离的平行土路，但它们最终都通往同一处——一口井。过了那口井是两座小山坡，越过山坡，玛格隆便坐落于它们之间。

在某些光线下，玛格隆看上去是米色的，而在另一些光线下则几乎呈现黄色。房子有三层，然而从东边望去，好似只有一层。如今想来，西面有画蛇添足的一笔，很煞风景。与此地其他房子不同，玛格隆屋顶上铺的是西班牙式的砖瓦，火红色的，有些格格不入。宽阔前院的地面光滑却不甚平坦。一条细窄的白色门径通往漆成和屋顶同样红色的前门。大门两侧各挂一盏提灯。尽管从前面看不到，但实际上后院早已是一片破败。（某段时间，曾经计划过在那里建一个泳池。）

因为初来时并未有人正式带我在玛格隆转上一圈，我也就一直没有完全掌握她的地理情况。于是我总能一直发现未知的新天地。那片湖泊是一直都有的吗？前院的那个树屋也一直都在的吗？三楼的那间浴室呢？

玛格隆似乎非常有可塑性，或许所有女性都是如此。

2

那场事故发生大约一周以后，我才终于醒过来。其间，我被安置在玛格隆一楼的一间屋子里，我以为那是间客房。后来才知道那是玛琪的房间，而她并非十分乐意让我住在里面。

我的伤腿上打了石膏，被高高地吊起，一位年迈的女人坐在我床边。

她实在是太老了，已经过了我认为能被称作女人的年纪。我猜她可能都快一百岁了。她的棕色眼睛像是含着泪水。牙齿有的是黄色的（真牙），有的则闪着白光（假牙）。她的指甲很长，头里锉得尖尖的。她瘦骨嶙峋，跟筷子似的，身着深色的粗花呢套装和弹力长袜，脚上是一双黑色的矫形鞋。她看上去是个干净的老太太，然而一种挥之不去的年老的霉味如云雾般盘积在她周身。她嘴唇上涂了厚厚一层她这个年龄的妇人常用的深红色口红。这使她的嘴部看上去年轻得不太自然，仿佛突兀地独立于整个身体。

“我是老玛格丽特。”她说。

“我是——”

她打断了我：“我已经知道你是谁了。”

“您是玛吉的亲人吗？”我问。

“可以这么说。”她笑起来。

我注视着她的嘴巴。“我是说，您和玛吉是什么关系？”

“该是我问你和玛吉是什么关系。”

“什么？”

“你把那条绳子系在她手指上，是什么意思？”

“我……”我支支吾吾，“她告诉您了？”

“只是和你开个玩笑，当然了。”她笑着，只不过看上去略微有些吓人，“我抽支烟，你会很介意吗？”

我摇了摇头。

“别告诉任何人。”她说。

老玛格丽特打开窗户，点着一支烟。“格蕾塔肯定会让你帮她点上烟。她太老派啦，但我不会。当然了，你若能帮我点烟，我也不会介意，这样做很绅士。但看起来你行动不便，我们还是得作出让步。”

格蕾塔是谁，我纳闷。玛吉一百岁时会变成这样吗？

“不会，”老玛格丽特回答我，“她不抽烟。我十三岁就抽上啦。我那时可前卫啦。以前那个时候，我们不会担心癌症啊，肺气肿啊，或是别的什么无聊玩意儿。还有，我今年才七十七岁。但我看得出你把我想得比这老得多。毕竟，我们都只擅长确定自己的年纪。其他所有人看上去要不是太老就是太年轻，或者某种意义上说，所有比我们老的或是比我们年轻的人都算不上纯正的人类。”

难道我说出来了吗?

“我会读心术，”她回答我，“这是我在那场变故后获得的禀赋。读心术，还有嗅出他人情绪的本领。实际上，我觉得这两者可能属于同一种禀赋。”她嗅了嗅空气。“你闻起来像是受伤了，但我觉得这显而易见。你的腿疼吗?”

“还好。主要是不舒服，别的倒没什么。”

“嗯，他们给你用了很多止痛药。很快就会疼起来了。我做过两次髋关节置换手术，所以不是乱说的。”她敲了敲我的石膏，“你至少得在床上躺个两星期。玛吉是这么说的。这阵子只有我们这些老处女陪着你解解闷，希望你不会觉得太无聊。”

“你，到底是谁?”

“老玛格丽特。”她又说了一遍，好像我实在很迟钝。

“玛吉是以你命名的吗?”

“玛吉是以我命名的?”她顿了顿，“是的，我想是的。”

“你是玛吉的祖母吗？”

“我当她祖母是不是太年轻了点？”

“没有，”我慢吞吞地答道，“没，没有吧。”

老玛格丽特叹了口气，“那我就真应该是玛吉的祖母了。真可怕！”

老玛格丽特显然已经老态龙钟了。

“我没有老态龙钟，”她说，“你这样说很无礼。”

“我没有说。”我抗议，“我只是这样想的。”

“我有时分不出差别来。既然如此，就不得不作出让步。如果你确实说了，那我真的太受伤了，但如果你只是这样想想，那就仅仅是小小地刺伤了我。”

我其实没觉得这两者有何区别。

“你看，”她说，“如果你说出来了，你就是故意想伤我心。然而我们有时是没法控制思想的。比方说，我知道我刚进屋时，你觉得我闻起来有股霉味。这或许也会让我难受，但谁想要一辈子都在生气呢？”

“对不起。”

“顺便说一句，那是樟脑丸的味道。我上了六十五岁以后，就一直深受蛀虫的困扰，以前从来没有过。你知道这是为什么吗？”

“不知道。”

“年轻人为什么就不会受蛀虫困扰呢？”她问道，“蛀虫就是年老者的床上伴侣，你同意吗？”

“要是你不介意的话，我觉得有点累了。”我说。

“当然了，亲爱的。”她说，“我真是太不体贴啦。”她熄灭了烟，开始蹒跚地向房门走去。那两次髋关节置换手术让她的腿明显有些跛。

“还有谁住在这里？”我问道。

“啊，有我、玛琪、米亚，还有梅。现在玛吉也回来了。你可能不怎么见得着梅，因为她喜欢待在外面。以前还有一个的，但她走了，走了，再也不回来了，走了。”

“这些都是玛吉的——”我试着回想，“姑妈？”

“哦是的，”她说，“不管怎么说，差不多就是吧。很抱歉我絮叨了这么多，累着你了。你知道吗？我还是姑娘时，别人都觉得我特别安静。真奇怪啊，老了以后，我发现自己竟然有这么多话要说。”

她非常轻缓地带上了门。事实上，门整整过了大约十分钟才终于关上。告诉你，简，我倒更希望她直接“砰”的一声关上呢。

过了几分钟、几小时，或是几天（在你服用大量药物时，时间的长短会变得难以分辨），我醒过来，看到玛吉像只小猫那样蜷缩在我身边。她的一只眼睛上有乌青，但除此之外看起来毫发未损。

“你是什么时候进来的？”我问。

“有段时间了。我不想弄醒你。”她看着我的腿，哭了起来，“抱歉我竟然睡着了。你肯定觉得我是全世界最最糟糕的司机了。”她拉了拉手指上重新系上的那根绳子。

“你累了嘛。”事后怪罪从来都毫无意义，尤其是怪罪天生就喜欢自责的女人。“我自己应该系好安全带。”

“我是全世界最最糟糕的司机。你就直说吧。”

“不是的——”

“直说啊！”她要求道。

“你或许是全世界最糟糕的司机，但我没见过世界上除你以外的所有司机，所以无法肯定。至少你最后救下了车子，自己也没受什么伤。要不是你醒来后反应及时，我们可能都没命了。”

“我他妈的就只会把事情搞砸。我就是他妈的一灾星。我就是彻头彻尾的一个祸害。”

“如果我说你是我认识的最糟糕的司机，你是不是会好过点？”

“是的！”她突然笑了起来。玛吉就是这个样子。一秒之内就能破涕为笑。她不是爱就是恨。情绪表达上无所顾忌。尽管我作为旁观者觉得这样很带劲，但我怀疑对她而言，这样的性情让她活得很不容易。

我那个房间很小，所以一开始，她们每次只一人进来探望。除了玛吉和老玛格丽特以外，我知道还有玛琪和米亚来看过我。因为用了大量的止痛剂，和她们见面的细节都已模糊不清。[在我卧床期间唯一没来看过我的是最小的那个，梅，当时我猜她是玛吉的堂妹或侄女。梅那时七岁，是我见到你时你年纪的两倍大。]我不记得曾经被正式介绍给玛琪、米亚，或是梅。就好像我生来就认识她们。

我要向你描述她们，简，尽管我不确定以下这些是否真的是我对她们的第一印象。贝丝告诉我，让读者——尤其是年轻女性读者——知道某个人物的长相特征和大致性格是很有必要的。

年龄仅次于老玛格丽特的是玛琪。她五十几岁，体形敦实。她的发梢泛着红色，发根则已灰白，对于她这个年纪的女人而言，她的头发留得过长了。她左眼蒙着副眼罩，眼罩上面画了一只绿色的眼睛，煞是吓人。她似乎第一眼见我就不喜欢我。她问了许多关于我工作的问题，一般来说，一个人问你这些，就表示他（她）肯定讨厌你。不仅如此，我还知道她讨厌男人，因为我们认识没多久后，她就告诉我，她厌恶男人。“我厌恶男人，”玛琪说，“但不是针对你。”

米亚十七岁，她一点儿也不想和我打交道。见面时，她故意翻白眼，皱眉头，以示她不是自己情愿过来看我的。（我竟然还神经质地试着跟她调了下情。）她浓密的深红色头发遮住了大半张脸。她着一身黑衣，为了搭配衣服的色调，指甲的颜色也总是涂成深深浅浅的黑色，或是血红色。她画着过于浓重的深色眼妆，和肤色一点儿也不搭。她不停地在一本黑封皮本子上面写着或画着什么，但从不让任何人看那本子。

梅七岁，很少待在屋里。因此她总是灰头土脸，皮肤晒成了棕褐色。实际上，已经快分不出哪里是土垢，哪里是她的皮肤了。她扎着两条辫子，膝盖永远是磨破的，门牙缺了两颗。她有个溜溜球。如果你问她什么问题，她一般都会咯咯笑着跑开。

所以，连玛吉在内，那年夏天共有五个女人住在玛格丽特小镇。你可能会问，还有别的人住在那儿吗？答案是没有，但也说不准。没有，是因为玛格丽特小镇是座荒凉之城，这些女人常年与世隔绝。说不准，是因为即使有别的人，对我而言也无所谓。某种程度上，你在一个地方认识的人，定义了那个地方对于你的意义。

3

一个星期后，我结束了牵引治疗，可以拄着腋杖下床走动了。下床后的第一晚，我和玛格丽特小镇的五个女人共进晚餐。

老玛格丽特坐在餐桌一头，玛琪坐在另一头。米亚坐在老玛格丽特左边，玛吉坐在她右边。我坐在玛吉边上，梅则坐在我对面。

食物平淡无奇。她们当中似乎没人对厨艺有所钻研。

十七岁的米亚皱着眉问道："你手指上那根脏绳子是什么，玛吉？"

玛吉遮住了手。"是提醒我别忘记某件事的。"她说。

"你看上去疯了似的，"米亚说，然后她压低声音，"跟格蕾塔一样。"

老玛格丽特试图转移话题。"你知道我们这小镇有回声吗？”

“知道，我们撞车之前就听到了。”

“回声是一种很好的陪伴，”老玛格丽特说，“每当我感到孤单时，总想找个人说说话。回声可比镜子好多了。镜子会说你坏话。回声则很配合你。它们觉得你说的每句话都是至理名言。”

“那么，你是玛吉的祖母，”我对老玛格丽特说，“那么你们都是玛吉的——姑妈？”

梅咯咯笑起来。

“当然了，不包括你。”我对梅说。

“我之前应该讲得更清楚些的。”玛吉说，“我只有一位姑妈，就是玛琪。”

玛琪笑起来。

“梅是我堂妹。米亚是我妹妹。”玛吉说完了。

“嘿，老姐。”米亚说。

“你和米亚、梅长得都很像。”我观察道。

“你觉得我和玛吉不像吗？”玛琪不怀好意地问道，“我觉得其实我和玛吉长得很像。”

我端详着玛琪。她真的和玛吉一点儿也不像。除开那个眼罩和她的卷发不说，她还体型肥胖，比玛吉老了三十岁。然而，不止这些。玛琪露出来的那只眼睛是黑色的，闪着怒光。不管玛吉老成什么样，她的眼睛（哪怕只剩了一只眼）永远都不会变成那样。从某个角度看，玛吉长得更像快八十岁的老玛格丽特。

“我真没看出来哪里像。”我实话实说。

玛琪“哼”了一声。“慢慢来，你会看出来的。”

“那么，你是做什么的？”老玛格丽特问我。

“他是做学问的，”玛吉替我回答，“我们是在U大学认识的。”

“玛吉，你该不会是和你老师上床了吧？”米亚问，“真恶心。”

“我只是一名助教。”我纠正道。

“说得好像有什么差别似的。还是恶心极了，很可能还不道德。”米亚说。

“你研究的领域是什么？”玛琪问我。

“哲学。”我回答。

“哲学家！找得真好，玛吉。”米亚怪声怪气地说道。我只能认为她是在讽刺我。

玛琪“哼”了一声。“我们跟一位哲学家上过床。真是灾难。”

我完全不理解她为什么要用“我们”。

老玛格丽特像玛吉那样笑起来。“就是那个床上功夫糟透了的男人，是吗？光懂哲学可没法让你成为床上高手，你怎么办，年轻人？”

玛琪又“哼”了一声。这次是表示赞同。她有好几种不同的“哼”的方式。

我开始发现这五个女人实在都不简单。

“你怎么老是钟情于不合适的男人？”玛琪问玛吉，“找一个投资银行家，或是皮肤科医生、律师什么的，真的有这么难吗？一个会真心爱我们，等我们老了供养我们的人。”

“嘿，想想她上次爱上的那个已婚男人！”米亚说。

“他没结婚，”玛吉辩称，“他只是订了婚。”

“差别真大啊。”米亚翻了个白眼。她的眼睛总是翻个不停。

“再说了，那又不是我。”玛吉说。

“是的，就是你。”米亚坚持道。

“是格蕾塔。”梅轻声地插了一句。

一提到那个名字，餐桌上顿时安静下来。

“你说得对，梅。是格蕾塔，”玛琪说，“可怜的格蕾塔。”

老玛格丽特举起杯子。“敬格蕾塔。不管她身在何方！”

其余人也举起杯子。“敬格蕾塔。”她们异口同声地说道。

“格蕾塔是谁？”我问。

“你知道吗？我们应该每人在你的石膏上签个名。”半晌，老玛格丽特冒出这一句。

“其实可以不用的。”

“不，摔断腿的唯一好处就是这个了，”老玛格丽特坚持道，“米亚可是个艺术家，你知道的。她肯定能想出什么可爱的创意来。”

“是啊，我可真愿意花大把时间在那老家伙的石膏上刻字雕花呢。”米亚说道。她嫌恶地摇着头，离开了餐桌。

“梅，今晚轮到你收拾了。”玛琪吩咐道。

梅点了点头。她话很少，但我可以保证，她绝对是她们当中最让人喜欢的一个。

“嘿，我才三十一岁。”我说。说实话，我的抗议来得也太晚了。每个人都已起身准备离开。因为我动作还不是很利索，我就这样被一个人落在了那里。

[回头来读这段时，我担心未能准确地描述出那次餐桌上的情景。受到语言（或至少是我自己的语言）的限制，我无法表现出那些女人一刻不停地盖过对方声音、打断对方说话的样子。尽管我只叙述了一条对话主线，事实上，多个对话是同时进行的。或许可以将效果比作在一个回声不绝的屋子里举行一场拍卖会。]

4

我第一次和玛吉在玛格隆做爱，大约是那次晚餐过后两个星期。正好是我能自己爬楼梯来到玛吉房间的第一天。

在一个女人的娘家和她做爱，既迷人心魄，又稍稍带着不安。第一，你不能发出声音，整件事因此笼罩上了禁忌的气氛。第二，这里的所有一切都在告诉你，在远未有你这个人的时候，她就有着自己的人生了：她的信件、年鉴、年代久远的花饰，和拉拉队长的裙子。第三，如果这个房间保留了她童年时代的装饰并未曾改变的话，你会有种在和一个孩子做爱的错觉。在玛吉的房间里，地毯上还是褪了色的粉色玫瑰。她有一盏看上去像马戏团帐篷的灯。这盏灯会在房间各处洒下月亮和星星形状的影子。她的床是单人床。在那个年代，家家户户给孩子用的都是单人床。

玛吉在做爱时声音并不算大，然而单人床年代远久的弹簧床垫却吱嘎吱嘎响个不停，声音很是滑稽。听上去像个很老很老的妇人在吃力地爬一座山。因此可以肯定，整座房子的人都听到了。（当然，除了老玛格丽特，她已经快聋了。）快到高潮时，响起一阵颇有节奏的敲击声。事后玛吉断言说是水管里头的声音，但我知道是玛琪。于是某种程度上，我几乎就像同时在和玛琪上床。我甚至发现自己看着玛吉时，想到了玛琪那张皱巴巴的脸。甚至在我们做完之后，我发现自己还在想着玛琪。

“玛吉，玛琪这个名字也可以是玛格丽特的昵称，对吗？”

“应该吧。”她说，“怎么了？”

“唔，我在想，你姑妈玛琪的名字可能也是玛格丽特？”

她从我身边翻滚开去，“嗯，可能吧。”

“那梅这个名字呢？不也是玛格丽特的简称吗？”

“可以是。”

“那米亚呢？”

“嗯，嗯。”

“所以，算上你和老玛格丽特，是不是你们五人其实都叫玛格丽特？”

“怎么了？这有什么关系？”

“然后，”我继续问，“你们是不是都姓汤？”

“我不明白有什么好兴奋的。”

“挺有趣的，只是想知道而已。”

“抱歉。”她说。

“只是这类事情，人们一般都喜欢去注意。”

“我说了抱歉，但我真没看出来这有什么大不了的。”她说。

“呃，你以前为什么没提过呢？”

玛吉叹了口气，“我以为你知道的。”

她起身走向浴室。我也该去，但以我当时的身体状况实在太麻烦，就没去。她一回来我就问她：“但你们为什么都叫玛格丽特呢？”

“因为我们就是都叫玛格丽特啊。”

“但这不是，呃，不是很奇怪吗？”我不依不饶。

“跟你说实话吧，我从来没怎么想过这事。从我记事起，一直就是这样的，所以我一点儿也不觉得有什么奇怪。”

“但——”

“你知道我一直喜欢你哪点吗？”她问，“就是你不会为了鸡毛蒜皮的事问我一大堆问题。我喜欢的是，你不会觉得非得对我了解得一清二楚，才能和我一起睡觉、请我吃饭，或是做别的什么。信不信由你，反正我就喜欢我们两人没对彼此了解得一清二楚。”

她关掉洒下星星月亮的灯，从我身边翻转过去。

“玛吉。”我再度开口。

“怎么了？”她看着我，她的脸从未这么像玛琪过。我第一次看出了她俩的相似处。

“没什么。”

她翻过身去，又翻来覆去好几次，最后跳下了床。“我觉得有点不自在。我还是到楼下去睡吧，”她说，然后又更温和地补上一句，“你腿伤着，还是地方宽敞点好。”

我想反对，但没有力气。再说，或许她说得对。于是，她吻了吻我就离开了。

那天夜里，我梦到自己和玛吉做爱，只是她的脸总像面具似的滑落下来。面具下是玛琪的脸。

5

玛格丽特（Margaret）这个名字来源于希腊语中的“玛格隆（margaron）”，意为珍珠。英语的“Margaret”由拉丁文名字“Margarita”和古法语名字“Marguerite”演变而来。玛格丽特（Margaret）是英语中昵称最多的女性名字。除了米亚（Mia）、玛吉（Maggie）、梅（May），还包括Grete、Margitta、Gretta、Madge、Maggy、Maisey、Maisie、Mamie、Marg、Margie、Margorie、Margy、Marjie、Meg、Megan、Meggi、Meggie、Meggy、Metta、Peg、Peggie、Peggy、Em和Marga。“Margaret”还有四种其他的拼法（Margarett、Margarit、Margret和Margeret），以及二十八种其他的英语拼法（Grethe、Reeree、Marit、Magaret、Makaleka、Maragaret、Maragret、Maret、Margaretta、Margarette、Margarite、Margaritta、Margart、Margene、Margerete、Margert、Margery、Marget、

Margrete、Margrett、Marguerita、Marguerite、Margueritte、Marjorie、Marjory、Markita、Marquerite和Maretta）。这个名字在许多语言中都有对应的词：保加利亚语、克罗地亚语、德语以及塞尔威亚语中是Margareta；捷克语中是Marka或Marketa；丹麦语中是Margrethe或Margit；荷兰语中是Margriet；芬兰语中是Marketta或Marjatta；德语中还有Margret、Margarethe、Margitta或Margarete；匈牙利语中是Margarta；意大利语中是Margherita；挪威语和瑞典语中是Margit；波兰语中是Margarita或Malgorzata；罗马尼亚语、西班牙语和俄语中是Margarita；盖尔语中是Mairead；威尔士语中是Mared或Marged。曾经有人称“玛格丽特”为“苏格兰国民名字”，但我不知道此人是谁，也不知道他为什么会下此断论。1990年美国人口普查中，“玛格丽特”这个名字的使用人数在女性名字中排名第九。

正因为这一名字有如此多的形式，世界上众多的玛格丽特们很容易遭到取笑。取笑式的昵称包括如下这些：Mugrat、Mugger、Pegasus、Marg A Rat、Magpie、Large Marge、Margarine、Margy Pargy、Megger、Meggy Weggy、Mug Wump、May Zit、Peglit和Maggot。可以肯定还有很多很多其他的。小孩子在作弄彼此这件事上，向来是最为卖力的。

玛吉常说，给女儿起玛格丽特这个名字，还不如不给她起名字。

几位玛格丽特用不同颜色的笔，在我的石膏上签下了自己的名字。老玛格丽特是红色的，玛琪是黄色的，玛吉是蓝色的，梅是粉色的。梅只会写名，MAY，而米亚压根儿没签。

一天晚上，我盯着自己的腿看（那个夏天我实在无事可做），发现三人的签名出奇地相似。老玛格丽特的可能稍微有点抖，但除此之外，三个签名几乎一模一样。

签在我小腿肚上的红色的玛格丽特·汤。

签在我脚踝上的黄色的玛格丽特·汤。

签在我大腿上的蓝色的玛格丽特·汤。

就在那时，一个念头开始在我脑中轰鸣盘旋，一个荒谬无理的念头。然而，以下证据又让我觉得它不无可能：

·五个名叫玛格丽特·汤的女人住在一个屋檐下。

·红色的玛格丽特·汤；黄色的玛格丽特·汤；蓝色的玛格丽特·汤。

·玛吉曾经坐在两张床垫之间的空隙里说过自己被诅咒了。

或许你早就已经有所怀疑了，简？

于是，我做了每个正派男主角都会做的事。我决定拯救玛吉。我装好我们两人的行李箱，说服她逃离这里。其实劝她并没费什么劲。玛格丽特的性格中有根深蒂固的逃跑本能。

我们在半夜时出走。回想起来，这样做称不上勇气可嘉，甚至都不算是明智之举。或许如果我在当时与其他几位玛格丽特一一对质的话，每个人都会更加好过一点。或许如此。然而在我的性格中，根深蒂固的是避免与人正面冲突的本能——尤其是与女人。

无论我对她的驾车技术有多不放心，因为我腿伤的缘故，只得由玛吉驾驶雅克舅舅的敞篷车。我们才过了玛格丽特小镇的那座桥，玛吉就突然猛踩刹车，熄灭引擎。

“怎么了？”我问她。

“我们被诅咒了，”玛吉说，“我们难逃厄运。”

“我们很好，”我安慰她，“我们会离开这里。以后就能开始幸福的生活。”

“我们不好。我们没法离开这里。”她顿了顿，“我们不会有幸福的生活。”

“为什么？”

“那些女人——”

我打断了她：“哦，忘了你那些姐妹吧！谁在意她们啊？”

“那些女人不是我的姐妹，”她说，“你很清楚她们不是我的姐妹。我早就告诉过你，她们不是我的姐妹。”

我顿了顿。“好，那她们是谁，玛吉？”

“恰如我说的，我们被诅咒了。”她痛苦地重复道。

“别说了。诅咒这个词是不是说得太重了？”

“可我的的确确就是这个意思。我是一个被诅咒的女人。我们都是被诅咒的女人。”她顿了顿，“一个正常女人的衰老是不留痕迹的，而我却每过几年都会留下一个大活人。”

“我知道。”我说。从某种程度上，我以为自己知道。

她目光冷峻。“如果你知道，那你也该知道开车出走解决不了任何问题。她们会跟着我。她们会找到我。她们和我如影随形。”

“但是玛吉——”

“我不是第一个玛格丽特。我不是最初的那个；你把我当成最初的那个，只不过因为我是你第一个遇到的。老玛格丽特是第一个，我其实是第四个。只是许许多多当中的一个。在米亚之后，在格蕾塔之前。”

“可你怎么会是第四个呢？这说不通——”

她打断了我。“因为我是个怪物，”她说，“永远不会有人爱上我的。”

“我就已经爱上了你。”

“但你能爱玛琪吗？你讨厌玛琪，但她也是我。你也根本不可能爱上米亚！还有老玛格丽特，她……老了！她太老了，N！梅简直幼稚透顶。”

“事实上，她是个小孩子。”我指出。

“除非你爱我们每一个，否则你就不是真的爱我们中的任何一个。”玛吉说。

“可是某种意义上，那些女人并不是你，”我指出，“她们很像你，但她们和你是完全分离的，对吧？是有点匪夷所思，有点奇怪，没错。但时间长了，也没什么大不了的吧？”

玛吉摇了摇头。“我得回去。你不用跟我一起回去，N。你不用被卷进这一切。我们认识其实也没多久。要求谁这么做都是强人所难。再说你也不是第一个了。”她从手指上解下那条绳子，把它放到仪表盘上。“我曾假装这不仅仅是一条绳子，”她说，“但或许，它终究仍然只是一条绳子。”

“玛吉。”我说，“我不能丢下你一个人走。我没法开车，就算我能开，我也不想离开你。”

“打电话给你姐。她会开车送你回家的。再说你还要回去写学位论文。”

“一切都分毫未变。”我对她说，“我们还是可以回波士顿去，住在我的地下室里，点难吃的外卖。”我想要和玛吉待在我的地下室里。我当时没有意识到，在地下室的那几个月是极其幸福的，或是极近似于幸福的一种状态。

“我现在真的没法离开她们。”她说。

“我爱你。”我告诉她。

“爱。”玛吉像玛琪那样“哼”了一声，“在目前的情况下，恐怕你很难爱任何人了。”

玛吉把车倒回去，我们驶回了玛格隆。我决定丢下她一个人走。不是因为我真的想这么做，而是因为她让我这样做。

一个人为什么会爱上另一个人？是因为圆润手肘上的一小点凹陷？还是因为眼中一闪而过的光芒？当你爱上一个女人时，你会不会其实爱上了一个完全不同的女人？一个更早存在的女人，在某种程度上为现在这个女人的出现铺设了背景？

谁知道呢？

简，遇到你母亲之前，我的心灵不过是一粒小小的种子。一个歪歪扭扭、胶着不清的虚无之物，好似一颗孤独游弋的精子。

6

除了我的母亲以及我姐（只持续了很短一段时间），我第一个真正爱上的女人是雅克舅舅的情妇，米兰达。她也是我第一个与之上床的女人，尽管那个时候我也已经快十六岁了。直到我大学毕业，我们一直时断时续地保持着床伴关系。

有一次，在完事之后，我问米兰达是否为雅克舅舅从未向她求婚而生气。

“小家伙，”她说，“我才不想做他的妻子。杰克是个糟糕透顶的丈夫，但却是个妙不可言的情人。”米兰达是唯一一个能叫雅克舅舅“杰克”的人。

雅克舅舅对米兰达付出的感情，可能要比对他的任何一任妻子都多。实际上，他们的关系一直从雅克舅舅的第二任妻子持续到第四任妻子。（米兰达四十四岁时去世，他们的关系这才结束。）

我还记得遇见米兰达的那天。某种程度上，那天的情景很像我与你母亲的初遇之日。

当时我九岁。我来到雅克舅舅的卧室，想让他给我签一张同意书，在那里我看到了米兰达。她一丝不挂，唯有颈上一圈珍珠项链，躺在雅克舅舅巨大的红木床上。她见到我并未试图遮掩。她是我第一个得见其裸体的女人，除了我的母亲，当然还有我姐。[问题：在那个稚幼无知的年纪，见到一个女人的裸体与爱上她之间是否存在某种关联？]

“你有什么事？”米兰达问我。我从来都不能分辨出她的口音。唯一能说的是，她声音中吐露着富贵与异国的气息。

“我找雅克。”我说。我尽力让自己不盯着她的双乳看。

“他不在。”她说，“我有什么能帮你的吗？”

我怯生生地拿出那张同意书。“只是要他在这里签个字。是一次学校旅行。”

“去哪里的？”她问道。

是去水族馆。然而面对这位赤身裸体的女郎，我实在无法开口说出“水族馆”这三个字。我想要去个漂亮华丽的地方，一个能让她印象深刻的地方。六年级学生（我当时才读四年级）去的是斯特布里奇村庄，于是我脱口而出：“斯特布里奇村庄。”

“斯特布里奇村庄？”她不可置信，“就是那个全是木头房子、织布机和公牛的地方？”

“是的。”我说。

“我没去过。听起来很无聊。”她动作夸张地朝我打着手势，“把纸给我。我给你仿造个杰克的签名。”

“你行吗？”我问。

“拜托！我三天两头在这么干好吧。”她说。

尽管内心觉得这样不大好，我还是把同意书交给了她，并递给她一支钢笔。她颇为老练地签上他的名字。“你要知道，小家伙，这上面写着你要去的地方可是水族馆。”

哦，那个丢人啊！听到她说“水族馆”时，我的耳朵火烧火燎的！“搞错了，”我绝望地撒谎道，“非常、非常愚蠢地搞错了。”

她耸了耸肩，将她一头红色的长发甩至肩头。“不管怎么说，在水族馆待一下午总比去斯特布里奇村庄好多了。”她说。

我一直在努力把自己的视线从她的双乳上挪开，但这一刻，我停止努力，目光望向她的眼睛。我在那双眼睛里看到了既觉得好笑又全然理解的神情，我就这样爱上了她。在那个年纪（其实哪个年纪都一样），我们的内心都极度简单。

“你真美。”我对她说。

“小家伙，”她说，“你要知道，至少得等你过了青春期，我才会跟你上床。”

我点了点头，铭记于心。

米兰达有着像玛格丽特一样的红发，两人之间也确实不无相似。你可能会问，米兰达是玛格丽特之前的那个玛格丽特吗？如果没有米兰达的话，会不会就没有玛格丽特了呢？我是否被诅咒，注定要爱上这个女人？这是否就是我的命？说到底，诅咒和命运究竟是不是同一回事？

谁又知道呢？

简，遇到你母亲之前，我的心灵就是一粒种子。一个滑稽渺小的虚无之物，好似一颗孤独游弋的精子。

7

尽管我考虑过打电话给贝丝，让她过来接我，但最终还是决定不这么做。就当时那个状况，我觉得自己不知该如何承受她的爱与担心。因此，我换了一个不是很爱我的人，一个视我为浑蛋，却仍旧不得不过来接我的人。我给雅克舅舅打了电话。我知道我之前说过他已经死了，但我的本意是他对我而言跟死了也没什么两样。也就是说，我什么时候想让他死，他就是死人了。然而时不时的，我非得让他复活一下。

那阵子，雅克舅舅刚和他的第五任妻子离婚，住在一艘游艇上，四海为家。

我拨了他的号码。

“是你啊？”雅克舅舅操着他愚蠢的比利时口音说道，“有何贵干？”

“我要你过来接我。我在纽约州北部的一个小镇。”

“纽约州北部？没人会要去那儿——鸟不拉屎的地方！”雅克舅舅说，“你为什么不能自己开车，或是坐飞机？”

“我受伤了。”我说，“腿断了，得有人帮我开车。”

不知为何，雅克舅舅觉得这事好笑极了。“噢，哈哈。你是在滑雪吗？”

“不是。”我回答。

“你是在跳乡村舞？”

“不是。”

“你是在做爱？”

“不是。”

“你是在——？”

“看在上帝的份上，雅克。我出了车祸。”

“你还行吧？”

“不，我腿断了。”我又说了一遍。

“你为什么不打给你姐，伊丽莎白？”雅克舅舅问。

“贝丝这个夏天在忙着拯救热带雨林。”

“好吧好吧，我三个星期后到你那儿。”雅克舅舅说。

“你不能再早点吗？”

“不能。我在塔希提。乘船回去就得三周。我到美国给你打电话。Ciao[1]！”然后雅克舅舅就挂了电话。

玛琪听到了我跟雅克舅舅的整个对话。“你要离开我们了。”她得意扬扬地说道，“我对此并不吃惊。”

“嗨，玛琪，”我反问她，“你那只眼睛怎么没的？”

她不怀好意地笑了，“玛吉给戳瞎的。她宣称只是想帮我剪头发，但我懂她的。”

“玛吉为什么要戳瞎你？”我问。

“是上一次跟你一样的一个家伙过来的时候。”玛琪“哼”了一声，“我告诉她，她跟他不会持久的，最后的确如此。跟往常一样，我是对的。只是从来没人听玛琪的话。”

想到我的玛吉以后会变成如此刻薄的女人，实在是不可思议。只此一点，足以让我为即将离开这里而庆幸不已。

---

① 意大利语，此处意为“拜拜”。

8

在等待雅克从塔希提赶来的这段时间里，玛吉与我之间的关系紧张不堪。尽管如此，我待在玛格丽特小镇的日子还不赖。

那个夏天有点像退休岁月。我会散散步，看看书，休息休息，恢复身体。挺无聊的，是的。但神奇的是，无聊与幸福的感觉其实相差甚微。

最开心的事是和老玛格丽特一同散步。她做过两次髋关节置换手术，走得并不比我快多少。散步时，她也不会问我很多问题。或许她本来就没必要问，因为她反正都能读出我的所有想法。尽管如此，她还是乐于滔滔不绝地说个没完。

“我是最老的玛格丽特·汤，也是第一个，”老玛格丽特说，“我出生于19××年，就生在这座房子里。

“梅是第二个玛格丽特。她是在我七岁生日前夕出现的。一天，她就这么进来和我们一起吃晚饭了。因为她看上去就是我的翻版，所以没人想要让她离开。很显然，第二个我的出现把我母亲吓坏了。我父亲那阵子喜欢喝点酒，他还以为是母亲在跟他开玩笑呢。他说，‘我记不得了。难道我们生的是双胞胎？’母亲开始抽泣。父亲以为母亲是因为气他不记得生的是双胞胎而哭泣的，自那以后，他再也没喝过酒。

“梅最奇怪的地方，实际上也是我后面所有玛格丽特最奇怪的地方是，她们从来不会老去。我的岁数一年年增长，她们却永远停在她们初来时的年纪。我一直觉得她们应该会变老，但当然了，也没有任何类似的先例可以让我参照。

“十七岁那年，就在我和一个名叫麦克尔·利维的男生约会时，米亚冒出来了。我去了趟洗手间，往鼻子上擦了点粉。回来时，我看见米亚坐在桌边，她和麦克已经吻上了。她在性方面始终领先于我。我决定不打扰他们，但接下来那个星期我就和麦克分手了。如果他连我和另外一个我都分不出来，我也不想跟他再有任何关系了。他并不在意，当然了，因为他已经移情于我那位刚从城外来的‘表妹’了——我们是这么称呼她的了。

“我二十五岁那年，父母在一次车祸中丧生。玛吉就是在那一年出现的，19××。米亚很讨厌玛吉的到来，因为玛吉无疑是最漂亮的那个。”

我对此表示赞同。

“我在那个岁数也是个可人儿，不是吗？二十五至三十五岁的我永远是最漂亮的。尽管我十几岁时也挺出挑，但那时我的脸有点圆润，这种状态一直持续到二十五岁左右。然而到二十五岁以后，那种圆润消失了，当时的我是最漂亮的。尽管我在四十岁左右还有一段最后的惊艳期。”老玛格丽特回想起来叹了口气。

“我三十五岁那年，格蕾塔来了。你永远都见不到她，因为她在我三十九岁那年自杀了。我们叫她‘没了的玛格丽特’。那段时间我们难过极了。格蕾塔之后，只来了一个玛格丽特，就是玛琪。她是在我五十二岁那年来的，同一年我的更年期开始了。接下来的二十五年应该算是安静无事吧。有人说我这二十几年来没怎么变化，可能就是因为这样，才没有再出现别的玛格丽特吧。”

“但愿这样问不会太无礼，‘没了的玛格丽特’是怎么自杀的？”我问。

“吞药后溺死的，”老玛格丽特说，“可怜的格蕾塔，她一直是个完美主义者。我应该也是这样的吧。”

老玛格丽特拍了拍我的手。她的指节因为关节炎而扭曲变形，手背上布满了老年斑。“我挺喜欢你的，年轻人，”她说，“很容易就明白玛吉为什么会喜欢你。”

我也十分喜欢老玛格丽特。[真希望你见过她，简。]

一天，我问老玛格丽特，她觉得玛格丽特小镇为什么会是这个样子。

她给出的解释颇具浪漫色彩，却冗长含糊，让人听得云里雾里：“父亲快要死了，他想确保他的女儿能找到真爱，天长地久的真爱。他知道，只有无论女儿年纪多大都始终倾心于她的人，才真正值得托付终生。所以父亲找来当地小有名气的女巫，他的老姑娘姐姐萨拉，请她为自己刚出生的女儿施一个魔咒。魔咒会让她分裂成为不同年纪的自己，直到她找到真爱为止。找到真爱后，魔咒会自动解除，她会重新变回完整的一个人。”老玛格丽特一口气说完这些，喘都没喘一下。“不幸的是，”老玛格丽特承认，“真爱比父亲想象得更难遇见。”接着她又说，“当然了，这些都是我编出来的。”她笑了，我也笑了。

“玛吉说这是一种诅咒。”我说。

老玛格丽特翻了个白眼，一瞬间与米亚有几分神似。“你们还太年轻。”她说，“我可真不觉得这是一种诅咒。其实是一种福分，真的。这些年来，我一直与自己相伴相依，而且相处得非常融洽。”

老玛格丽特与我坐在玛格隆的前院草坪上。玛琪从厨房探出头来。“告诉你，可没你想得那么他妈的奇怪。我活得比你长多了，告诉你，世界上没有哪个女人身体里没藏着另外几个女人。”她还说玛吉是个“该死的傻瓜”，说我不该听那个“该死的傻女人”说的任何一句话。

梅在她的树屋里也听到了我们的谈话。她从树屋里往下望，眼睛睁得大大的。“什么是诅咒？”她问。

玛吉坐在门廊的秋千上，读着一本书。她白了我们一眼，朝梅喊道:“没有什么诅咒，亲爱的，别担心。”

“好吧。”梅乖乖地回答道。

“梅不知道？”那天晚上，我躺在床上问玛吉。我不太清楚为什么事到如今，我们仍然睡在一起。大概只是出于习惯，而非其他原因吧。再说了，没了她我怎么睡得着。

“她为什么要知道？”玛吉问，“我们因为知道这事得到过什么好处吗？可能她其实是知道的，但如果她愿意装作不知道，我们谁有资格多嘴？”

“你难道没好奇过，你们为什么会是这样？”我问。

“我不去追问为什么，”她说，“反正就是这样。”

“我能帮到你吗？”我问她。

“希望不大，”她说，“你舅舅什么时候过来？”

“很快，”我答道，“相当快。”

9

玛格隆只有一个卫生间。与五个女人同住一个屋檐下，这多少让我有些处境尴尬。（仅和一个女人共用卫生间都已经够尴尬了。）有次玛琪告诉我，三楼有个坏了的马桶。“或许你能修好。”她说着大笑起来。听她的语气，我知道几乎是不可能的了。然而，等我逐渐恢复，能够不太吃力地爬上三层楼梯之后，我还是决定考察一下这第二个卫生间。

三楼有七扇门，基本上相当于一个阁楼。我很快找到了卫生间，它就在楼梯口边上的第一扇门。马桶确实坏了，而且依我看来，可能再也修不好了。显然，因为它已经太久不能用了，有人曾经想把它改造成花盆。马桶的水箱里绽放着红色和白色的郁金香。

既然来到了这里（而且对我来说下楼比上楼更加费力），我决定看看三楼还有些什么。在第二扇门后面，我发现一架钢琴和一个乐谱架。第三扇门后面是好几个书架的学校课本。第四扇门后面的房间看上去像学校宿舍（尽管不是我初见玛吉当晚她所在的那种宿舍）。第五扇门后面是一个架子，上面挂着的貌似是一些戏服。第六扇门后面有六幅画，全都是玛格丽特在不同年龄段的画像（很可能是自画像）。最后一扇门，也就是第七扇门，是锁着的。

我试图强行打开它，但没有用。明亮的灯光从门底下的缝隙里倾泻出来。（或许这灯光是我想象出来的？）我从锁眼朝里窥探，但什么也看不见。

那天晚上，我向玛吉问起第七间屋子。

“那个上锁的房间里有什么？”我问。

“哦，”她漫不经心地说道，“没什么有意思的。只是放了些东西。一堆谁都不要了的旧东西。”

“那么为什么要锁起来呢？”

“其实是个意外。某个时候，格蕾塔拿到了钥匙，然后……”她的手越过肩膀挥动着，手表从手腕处滑落。我注意到一条以前从未发现的淡淡的竖着的伤疤。

“玛吉，”我问，“这疤你是一直有的吗？”

“是的，”她说，“倒也不是一直，但至少你认识我以前就有了。”

“怎么弄伤的？”

“因为一次最后失败了的实验。”她说。

“应该是个很严肃的实验。”我说。

她摇了摇头，一言不发。

“奇怪，我以前怎么没注意到。”我说。

她仍然没说话。我继续尝试想让玛吉告诉我到底是什么“实验”。但她只肯说“不是什么有意思的事”。

于是我吻了吻那个伤疤，然后我们都没再说什么。

10

第三个玛格丽特，米亚，想当个画家。（当年她决定去U大学主修艺术史，然而收获寥寥，失望而归。）她总在那里涂涂画画，素描、水彩或涂鸦，手从不闲着，却从来不让别人看她画了什么。自从我来了以后，米亚从未给过我好脸色看。因此，当她说想给我画像时，我不无惊讶。后来我才知道，是老玛格丽特提议的。

米亚说，她想把画架放在河畔，是距离发生上次车祸的那座桥五十码远的地方。那时我已经可以拄着腋杖随意走动了，因此十分乐意去房子外面透透气。

“我曾经想过我的白马王子会是什么样，说实话，可不是你这样的。”米亚说，“首先，你太老了。”

“不跟玛吉比的话，我还不算老。”

“我是说，他应该在二十五岁左右，最多这样。第二，你不拉大提琴。”

“我应该会拉吗？”

“唔，会拉总不是坏事吧，”她说，“如果你不会拉大提琴，那至少应该是玩乐队的。我的白马王子还要有条狗，一条黄色的大狗。你没养狗，对吧？”

我摇了摇头。

“他的前臂也比你的宽。还有你知道有些男人手上有凸出的青筋吗？嗯，他还要有这种青筋。”米亚叹了口气，“如果喜欢那种细细瘦瘦、弱不禁风类型的，你也不算难看。但我只是不能相信玛吉居然会喜欢你这款。”

“如果你再长大八岁，我也会变成你喜欢的类型，你要知道。”我说。

“我知道。真是太没劲了。”

我笑了：“所以说，你无论如何都没法接受我？”

她摇了摇头：“不太可能，但某种意义上说，这对你而言也不算什么。反正你要担心的是那些老玛格丽特们。梅和我，我们都是过去式，是玛吉曾经的样子。”

“嗯，玛琪似乎也不怎么喜欢我。”

“她谁都不喜欢。她不喜欢我，不喜欢玛吉，连梅都不喜欢。”米亚耸了耸肩，“可能我们都让她有些失望吧。我自己也觉得她有点令人失望。”

“我爱玛吉，你知道的。”

“我知道，这显而易见。”

“真的这么明显？”

“是啊，绝对是的。就我而言，我永远不会爱上你，不会像她那样爱上你。”她猛然不说话了，而是看着我，“你打算娶她吗？”

“我不确定。”我说。

“你总该知道究竟如何选择。”米亚说，听起来简直是贝丝的翻版。

“别人也是这么对我说的。”

接下来大约二十分钟，她默默地画着素描。突然，她微笑起来:“知道吗？你的鼻子特别好看。”

“谢谢。”

“要不我就画你的鼻子吧，如果可以的话。这是你整张脸的亮点。”她撕下第一张纸，把它揉成一团。

于是米亚开始画我的鼻子。她是那样的全神贯注，双眼放射着光芒，手臂轻盈地随着画笔摆动。没过多久，暮色降临，我们只得进屋里去。

我很高兴得到这个观察她的机会，让我看清楚我爱的女人在十几岁时的样子——看见她那时的长腿，了解她那些怪异的激情与奇特的念头——可我知道她最终会成长为一个迥然不同的女人。即使这个女孩永远不会爱上我，她仍然轻而易举地捕获了我的心。玛吉以前就是米亚，米亚以前是梅。

我们再次回到玛格隆时，我对她说："你知道吗，你很可爱。"

她垂下头，但我能感觉到她很开心。"我就那样。"

"不，你很可爱。只是你自己还不知道。"

"想看看你的鼻子吗？"

我点了点头。她打开素描本，把她的画作给我看。

"画得很好。"我说。这是真的。尽管不得不说，看到自己的某个部位被给予如此特写，多少有点吓人。

"我喜欢鼻子。"她说，"鼻子是脸上唯一没有重复的部位。其他所有部位都有第二个：两只眼睛，两条眉毛，两片嘴唇，两只耳朵。"

"鼻子也有两只鼻孔呢。"我指出。

她没理我。"鼻孔不算。"

我握了握她的手。她的手比玛吉的小且骨感，典型的小姑娘的手。我还注意到她经常咬指甲。

"我来给你的石膏签名吧。"她说。她从口袋里掏出一支魔法笔，弯下腰动起手来。直到她大功告成，我才看到她做了些什么：她信手画了一只头戴王冠的青蛙，下面签了她的大名。

“是青蛙王子。”她说。

“我知道。很棒嘛。”

“你知道青蛙王子的故事吗？”她问我。

“女孩亲了一只青蛙，它就变成了王子之类的。”

“那是美好的版本。”米亚说道。“真实的版本中，是青蛙恐吓女孩的，因为她不想亲它，毕竟它是只青蛙嘛。她用尽全力把它甩到墙壁上，然后它就变成了王子。所以王子其实是被女孩揍出来的。”

“不错的故事。”我说，“想想那些还在亲着青蛙的可怜姑娘，明明什么变化都不会发生。”

这时玛吉从屋里走出来。她看着米亚的涂鸦作品。“有意思。”她说。

米亚朝玛吉翻了个白眼，然后就进屋了。

玛吉和我在门廊的秋千上坐下。我还打着石膏，坐上秋千并不像说起来那么容易，玛吉不得不帮我一把。

“你十七岁的时候真是太可爱了。”我对她说。

玛吉笑起来。“我那时很可怕的。又高傲自大又战战兢兢，动辄对别人评头论足，连自己都讨厌。说实话，和那时的自己住在一块简直让我痛苦不堪。”

“我再说一遍，你那时真是太可爱了。”

“那时候我的腿倒真的很细。”她只得说。

11

简，在你出现之前，我从来都不怎么喜欢孩子。我是说，抽象意义上的孩子我是很喜欢的，他们脸蛋粉扑扑的，头发像丝缎一样柔滑。然而，一想到要把大段大段的时间花在一个特定的、具体的孩子身上，显然不是什么诱人的事。

孩子一般都是痛苦且残忍的，并且有充足的理由如此。第一，他们那么矮小；第二，孩童时期一般都非常痛苦，尽管大人们总说孩子总归要比他们自己更幸福。

或许因为我和贝丝是雅克舅舅带大的，而雅克舅舅不太喜欢孩子。他还讨厌猫，我也讨厌。

因此，尽管七岁的梅看上去很乖，大部分时间里我还是尽量避开她。这很容易做到，因为我相当肯定她也在回避我。或许是我自作多情了吧。有可能梅只是喜欢独自一人，我在与不在都是如此。她大部分时间都待在她的树屋里，或是到处跑啊玩啊，天知道她会跑去哪儿。梅似乎很享受一个人待着的时光。这样的孩子不太多，成年人中就更不常见了。

一天早上，我在门廊尽头发现一只芭蕾舞鞋。远处，我看见梅在前院里跑来跑去，地上满是松果、树枝和其他带刺的林地之物。她穿着一只芭蕾舞鞋，另一只脚光着。如果那只柔软的小脚丫能穿过这片带刺之地而不受伤的话，简直就是奇迹了。想到这也是玛吉的脚（某种意义上），我决定把另一只鞋子送去给梅。

“梅，”我叫住她，“你把鞋子落在这里了。”

不幸的是，梅不知怎的，以为我们在玩某种滑稽的追逐游戏。她朝我得意一笑，开始向另一个方向跑去。我竭尽所能追赶她，尽管我已康复了大半，跑步速度还是因为受伤而大大减缓。

“慢死啦。”她喊道。

“别闹了，梅，”我也冲她喊道，“我只是想给你这只该死的鞋子。”

“你说脏话了！你说脏话了！”她说，“我要告诉她们去！”

我继续喊着她的名字，她继续跑着。就在我决定丢下那只该死的鞋子不管时，梅一下子跑进了井里。

在那可怕的十秒钟里，我很害怕她掉下去了，但幸亏她在水桶那里挂住了。

我累得筋疲力尽、上气不接下气，一拐一扭地跑到井边。梅坐在水桶里，冲着我笑。我不喜欢孩子的另一个原因，是因为他们无法无天，还有一个原因，则是因为他们都是彻头彻尾的自恋狂。

她冲着我笑，觉得高兴极了。“许个愿吧。”她说。

“不用了，谢谢。”我说。

“许个愿，不然我就告诉她们你说脏话了。”她坚持道，“你到了井边，就得许个愿。”

我闭上眼睛，试着想出一个合适的愿望。

“你许了什么愿？”她问。

“要是告诉你，就不会成真了，对吧？”

她争不过我的这一逻辑，只好由着我把她从井里拖出来。我把芭蕾舞鞋递给她，她穿上了。“真好玩。”她说。她把她的一只小手放进我的手里。“格蕾塔以前也追过我。”

“格蕾塔是你姑姑吗？”

“不，格蕾塔就是我，只是比我大很多很多。”梅说。

“你知道格蕾塔怎么了吗？”

“她去外面游泳，然后再也没回来。”她耸了耸肩，似乎在说，这很正常。

我点了点头。

“格蕾塔还曾经割过腕，但玛吉帮她包起来了。”她又耸了耸肩，似乎在说，这也很正常。

我点了点头。

“格蕾塔曾经在脖子上吊过一根绳子，但绳子断掉了。”

我点了点头。

“格蕾塔买过一把枪，但结果那是把玩具枪。她举起它对着自己的脑袋，大家都笑了。”

我点了点头。

“格蕾塔坐在车库里发动了车子，但老玛格丽特打开了车库门。”

我点了点头。

“所有人都以为我不知道格蕾塔在干什么，但我只是年纪小了点，不是个小白痴。”

我点了点头。

“你听见我的玩笑了吗？我不是个小白痴！”

“不错的玩笑，”我说，“嘿，梅，那小白痴为什么没从悬崖上掉下去呢？”

她顿了顿，然后摇摇头。

“因为他是个小白痴。”

“不好笑。”为了转移话题，她用另一只手敲了敲我的石膏，“你的石膏酷极了。我也想打个石膏。”

“谢谢。”

“我知道那根绳子是什么意思。”她对我说。

“什么绳子？”

“玛吉手指上那根。意思是你觉得她很漂亮、很可爱，你爱她，你想每天都亲她的嘴，你还想娶她。”

“是这个意思吗？”我问。

“或许不是今天娶，但某一天肯定要娶。”她说。

“还有别的什么吗？”

“还有，你想跟她生一百万个小白痴！”说完这个玩笑，她大笑起来。

“谢谢你，梅。你让我豁然开朗了。”我吻了吻她的脑袋，答应第二天还跟她玩追逐游戏。

那天晚上，我向玛吉问起格蕾塔，她说：“她三十五岁。她太漂亮，太聪明，太抑郁，太有趣，太悲伤了，她在所有方向都过于极致。这样活着太艰难。她把自己累坏了，也把我们累坏了。”

“你曾经想过自杀吗？”我问她。

“想过，”她承认，“有时候会想。可我以为你已经知道了。”

“认识我以来呢？”

“没那么经常想啦。”她说。

几乎是下意识的，我发现自己正盯着她的手腕看。

“我知道你在想什么，”她说，“但我希望你知道，我永远不会仅仅划破手腕。如果我要自杀，我很可能会用一根非常短的绳子吊死自己。”

12

七月，雅克舅舅还是没来接我。一开始我并不着急。我估计他可能在海地或圣保罗逗留了一阵，或是途中结了第六次婚。雅克是靠得住的，只是经常慢慢吞吞。

然而又是两个星期过去了。

接着又是两个星期。

八月的倒数第二个星期，我接到了贝丝打来的电话，她听上去都要疯了。“你到哪儿去了？为什么一整个夏天都不给我打电话？我不得不贿赂了U大学某个家伙一点钱，问他要到了玛吉的家庭电话。”

“我摔断了腿，”我解释道，“没法打电话。”

“雅克舅舅死了。”她说，“你得回家来。”

我大笑。“去他妈的雅克。去他妈的。我他妈的恨死他了。”一秒钟后，我哭了起来。他是个糟透了的父亲，但我只有这么个父亲。

“他年纪大了，N，都七十七岁了。”贝丝语气温柔地说。

跟老玛格丽特一样大，我心想。“他怎么死的？”我问。

“中风。”她说，“来得很快，他没有受苦。”

“就算他受点苦我也不会介意的。”我说。接着我又哭了一会儿。“他都不是我们的亲生父亲。”

“更别说你还假装他已经去世多年了呢。”贝丝提醒我。

“还有这茬儿，对。”我在袖子上擤了把鼻涕。“你很幸运，因为你和那个浑蛋实际上没有关系。”我对她说。

“什么意思？”贝丝问。

“血缘关系。”

“哦，别烦了，N，”贝丝叫起来，“你知道我讨厌你玩这个游戏。”

事实上，简，贝丝确实是你血缘关系上的姑妈。尽管我经常喜欢拿这个开玩笑，但她的确是，而且一直是我的姐姐。如果我之前对你撒了谎，这是因为我不想让你觉得贝丝的体重问题也会降临到你头上。等你有了自己的孩子，就会理解给孩子编故事的重要性。孩子会把你说的关于她的一切都当真，所以在这方面你要特别当心。在我小时候，雅克舅舅说我像我母亲一样“放浪淫乱”，像我父亲一样“撒谎成性”，后来我一辈子都在不同程度上实践了这样的恶名。

启程赶赴雅克葬礼的前夜，我失眠了，于是我下楼来到厨房。我发现玛琪一人独坐桌旁，喝着家里自酿的玛格丽塔酒。她那只正常的眼睛正流着泪，见我进来她也没有试图遮掩。

我问她怎么了。

“我今天有点不开心，”她说，“不过我知道这肯定会过去的。”

“很抱歉。”我说。

“不用抱歉。每个人都是不开心的，只是程度不同而已。”

“我舅舅死了。”我告诉她。

她给我倒了杯玛格丽塔酒。“喝吧。”她命令道。

我照做了。

“我不喜欢男人粉[①]。”她说。这时候她还只是微醺。

“‘男人粉’是什么？”我问。

“你长得很帅，但我不喜欢男人粉。”她又说了一遍。

两杯玛格丽塔酒下去后，她开始有点聒噪起来。

“我想去旅行！”她叫起来，“我想看看这世界！”

我忍不住想道，她只有一只眼睛，永远都只能看到一半的

---

① 原文为“men mush”，直译为“男人粉”，疑似是Marge喝醉后的口误。她想说的可能是“I don't like men much”（我不太喜欢男人）。

世界。

又是两杯玛格丽塔酒下去，她再度陷入了郁郁寡欢。

“我讨厌玛格丽特小镇。”她说，“我希望能离开这里。这里每个人都无聊透顶，我也无聊透顶。”她笑起来，“你绝对不会想跟我做爱的，是吧？玛吉不会知道的。”

我摇了摇头。

“反正我也更喜欢女人。那就亲我一下吧，行吗？”

我小心翼翼地亲了她一下，嘴唇轻轻擦过她的脸颊。

“惹我讨厌可没啥好处。还记得你把玛吉带到你朋友保罗家里，她喝多了，讲起那个关于非洲猴子的愚蠢故事，让你很尴尬的那次吗？”

我记得。

“哈，那天晚上是我。”她说。现在她进入了喝醉酒后的挑衅状态。“那是实实在在的玛琪！我随时都能出来！你马上要走了，算你走运，现在你还走得了。”

“我是要走了，晚安，玛琪。”我说。我站起来，但玛琪把我推回到椅子上。

“从头到尾自始至终一直都是玛琪，你就走着瞧吧，老男孩。肥肥大屁股、肥屁股小孩、恶臭味、粗糙的头发、痛苦、尖叫、嘶吼和肮脏的厕所水池，全都是玛琪。”

我一把推开玛琪。“你喝醉了，”我对她说，“你喝醉了，让人讨厌。”我一瘸一拐地以最快的速度爬上了楼梯。

“我是你所期望的未来，你不要忘了！”玛琪在我身后喊道。她扒开自己的罩衫，露出肉乎乎、皱巴巴的肥大奶头。它们责怪似的盯着我。

我推开卧室门时，玛吉打开了灯。“你没事吧？”她问。无论多晚，她总会在我回来时假装醒着。

“玛琪的奶头可真大。”我对她说。

玛吉笑起来。“你好像吓坏了。”

“嗯，它们真的很大很大，好像从四面八方向我逼近。我没想到会是这个样子的。”我用手握住玛吉一只正常大小的乳房，将它举到眼前端详，心里纳闷，你身体里真的有那么大一个东西吗？

这些玛格丽特居然真的是同一个女人，这一点实在是匪夷所思。一个女人怎么会需要如此多不同的东西呢？每个女人都是这样的吗？这么人格分裂，头脑混乱？不管怎样，我都很高兴马上能离开这里，去参加雅克的葬礼。

那天晚上，我梦到了L，我在遇见玛吉之前的女友。我梦见她正常大小的奶头，她闻起来有青草味道的浅金色头发，她浅蓝色的眼睛，她空洞死寂的声音和平淡木然的表情。乖巧、愚蠢、头脑简单的L。醒来时，我经历了史上最强硬的勃起。要不是当时才清晨四点，我很可能会当即打电话给她。

13

第二天，我乘飞机回波士顿参加葬礼。一星期前医生给我装上更易于控制、更方便行走的石膏，所以乘飞机并没有什么问题。看着医生锯开那个签满名字的石膏，我心里有点难过。好在我从来不是多愁善感之人，况且留着一个脏兮兮的石膏似乎也是令人恶心且毫无意义的行为。（现在回想起来，我很希望当初把它留了下来。）

尽管我对玛吉的车技犹存疑虑，开车送我去机场的仍然是她。

“我们还会再见面吗？”玛吉在登机口问我。

“当然还会再见的。”

“如果你不想再回来，不一定要回来的，”她说，“很显然，你在这里待的时间早超过了原定计划。我知道不能一直这样下去，这次葬礼可能就是我们之间很自然的结束契机吧。”

“我会回来的，玛吉。我会回来的。”

“哦，我差点就信你了！直到你说第二遍，我才知道不是真的。”她笑了，“如果你再也不回来，我也不会恨你的，你要知道。”

“谢谢。”我说。

“至少不会太恨。”她补充道。

“你可以跟我一起走。”我说。

她笑了，一秒钟后又摇了摇头。“谢谢你这么说，无论你是否出自真心。而且是否出自真心其实也并不重要。”

“不是真心的。”我开玩笑说。

“真有趣。”她说这话的语气却告诉我，她一点儿都不觉得有趣。

我要登机了。她没有吻我，只是和我握了握手。“我爱你，”她说，“旅途中无论发生什么，你都可以记着这句话。”

我十分确信，雅克的葬礼堪称史上头号糟糕的葬礼之一。

其一，波士顿八月独有的闷热而潮湿的天气让人透不过气来，因此每个人都没好气。其二，每个来这里的人都是不情不愿的，因为没有人真正在意雅克死了这件事。尽管雅克偶尔还挺有魅力的，但他实际上就是个浑蛋。

在雅克的第一任妻子和第五任（也就是最后一位）妻子为谁

可以坐在前排椅子的正中间位置而几乎要大打出手的时候，葬礼才真正开始。两人都自称是雅克的“正室”。最后，谁都没坐上那把椅子。坐上的是雅克唯一的亲生孩子——烟不离手、患了厌食症的阿梅莉，而她其实压根儿不在意坐在哪里。

葬礼真正结束，是在雅克的第三任妻子突发轻微中风，不得不被急救车运了出去的时候。

六个抬棺人当中，我，一个全日制的研究生，尽管一条腿仍不好使，却仍算是体力最好的。另外五人包括我那五英尺高的姐姐贝丝，雅克的三位老战友（其中一个刚刚做完髋关节置换手术，第二个的膝盖有毛病，第三个的一条胳膊是假肢）；当然了，还有一个就是烟不离手、患有厌食症的阿梅莉。正常情况下，贝丝应该是体力最好的，但就在雅克葬礼的前夜，她睡觉时被蜘蛛咬了，伤得很惨。她整张脸肿得厉害，眼睛都快要睁不开了。

我们六人得抬着雅克的灵柩爬一座山。头一天夜里下了雨（“我死后哪管洪水滔天。”贝丝声音嘶哑地对我低语），道路基本变成了泥地。行至某处，我们抬着的雅克的灵柩掉下来，一路滑到了山底。我很想对所有人说，就让他待在那儿吧。气喘吁吁的阿梅莉一屁股坐到她父亲的灵柩上，吞云吐雾，接连抽了两支烟。没人对此提出异议。“该死的雅克，” 阿梅莉操着和她父亲一模一样的比利时口音咒骂道，“该死的，这该死的家伙。”

直到葬礼结束，我才发现L也在。认识玛格丽特时，我刚刚跟L分手。那阵子很难熬：你有千千万万种方式让对方知道，你们之间结束了。我已经快一年没见过L了。

分手之后她瘦了，浅金色的头发扎成马尾辫——这个发型很适合她。她的眼睛是浅蓝色的，清澈而空洞，与她的深色连衣裙相互映衬。L眼睛的颜色太浅了，让她看上去永远带着惊讶的神情。

她朝我招了招手。

“我想吻你的，可惜我汗涔涔的。”我对她说。

她吻了吻我的脸颊。“雅克的死我很遗憾，亲爱的。”

我耸了耸肩。

“你的腿怎么了？”

“说来话长。”我说。

“嗯，看得出来。”

“你可以不用来的，L。我和这混蛋是正儿八经的亲属关系，可我都差点没来。”

“我一直挺喜欢雅克的。”她说，“他对我很好。每次我们遇到他，他都会过来拥抱我。”

“他只是想感受你的乳房而已。”

“别这么下流。我不喜欢你这样。”L摇了摇头，“你还和那女孩在一起吗？”

我踌躇不语。

“这个问题很难回答吗？”她挑起一道修理得完美无瑕的眉毛。

“比你认为的难一点。”

“你知道我在想什么吗？我觉得是你故意把事情搞复杂了。”她说。

“或许你说得对。”

“如果你还和那女孩在一起的话，她怎么没来参加葬礼呢？”她问。

我摇摇头。“我们别谈她了吧。”

“再说一遍，她叫什么来着？”她问。

我知道，她很清楚玛吉叫什么名字，但不知为什么，她就是喜欢装作不知道。“她叫玛格丽特。”

“哦，对了，玛格丽特！”L笑了，“玛格丽特·汤，对吧？”

我点了点头。

“玛格丽特这名字挺普通的，不是吗？”

“是吗？”

“好吧，也没那么普通。我的意思是，很多人都叫这个名字。”

哦，L，你总叫人一眼看穿！然而我猜没有城府正是你的魅力所在。原谅我上帝，此刻我决定要再次和L上床。

“你看上去很漂亮。”我对L说。

“真的？”她的声音里满怀希望。

“真的，而且我真的好想你。”某种意义上说，我的确思念她。跟L上床简直如自慰般愉悦：她无所求也无所取；她是那么安静，那么平和。

平和，无趣。我在和她上床的时候，想着我的玛吉，我那性感、凌乱、复杂的女孩。明知她疯狂，被诅咒，明知某天（任何一天！）她会变成玛琪或是老玛格丽特，明知她体内还有很多个小米亚和小梅，但我依然爱她。我爱她。我爱她，思念她。思念到几乎无法呼吸。

“觉得如何？”完事后，L问我。

虽然实在说不出口，但我已经忘记L的存在了。利用完她，现在我只希望她消失不见。可怜的、头脑简单的L。

简，我为那晚对L所做的事感到羞愧。实际上，你最好知道实情：在我初识玛吉时，我还是L的未婚夫。是L主动要求我娶她的，但我依然难辞其咎。

如果那时你认识我的话，我怕你会不太喜欢我。你是正直之人，我看得出来，然而那些日子里，我并不正直。

离开L的公寓后，我决定打电话给玛吉，即使当时还是半夜。“在你之前我有一个女朋友。”我这样开场。

“当然有了。”她说。

“我是说，就在你出现之前。在你出现后也有那么点时间是这样的。她叫L，然后——”

她打断我：“我知道的。”

“你知道？”

“我怎么会不知道？”她问，“但这对我无关紧要。我爱你，傻傻地、痴痴地、绝望地爱着你。这不可理喻，也无法解释。老天啊，N，我当然知道了。”

她知道的。

“我知道L的事，这会让你对我的爱减少吗？”她问。

“为什么会？”

“因为这代表我知道却不在意。”

我笑了。“你太抬举我了。”

“但也不全是我的错。你那天耍花招来着。那天你走进我房间，没跟我提到她，一次都没有。如果你当时提了的话，或许，只是或许……哦，不过也不一定。

“那天我确定自己爱上了你，对我而言，已经没有回头路可走了，”她说，“而且我了解你。你会说这不是爱，不是真的爱，但我觉得这就是爱，所以不管它究竟是还是不是，又有什么关系呢？

“命中注定的男人，只是凝视他的双眼，一生便已定下。我对你一无所知；只是感觉我一直都了解你，而且永远都会了解你。我望着你，N，我甚至都不在意那些我不知道的事。我甚至都不是那么在意你不爱我。这很愚蠢吧？我很愚蠢吧？从你踏进我房间的那刻起我就爱上了你。”

“可是如果我不爱你，你真的不会在意吗？”我问。

“那样就会是个悲剧。别误会。我只是说，我爱你，尽管都不知道你是否也会爱我。我是鲁莽地爱上你的。而且一开始，我们之间的确希望渺茫。几乎没有可能，就好像太多事情都已经运转起来了。我当时简直都要恨你了——因为你不知道我会出现——但怎么也恨不起来。”

“谢谢你没有恨我。”我说。

“谢谢你没有恨我。”她重复了一遍，“这是一种独特的说‘我爱你’的方式，对吗？真浪漫。”

“我很快就回来了。”我向她保证。

“哦——”她欲言又止。我肯定她是想问，很快会是多久，但她没问，而是说：“我会为你留着门廊的灯，N。要在黑暗中找到我们可不容易。”

“但我没说哪天回来。”我说。

“我会一直留着，直到你回来。”她说。

一切都在两三个瞬间决定，简。单人床垫上的你的母亲，穿那双靴子的你的母亲，此夜此时的你的母亲。上帝帮帮我，这就是爱啊。或是某种非常接近于爱的东西。

次日早上宣读遗嘱。我或许还未提过，雅克舅舅非常有钱。我继承了波士顿高档的查尔斯街上的一座宅邸，三辆老式敞篷车，和一大笔让我此生再也无需工作的钱，以及其他一些财产。

那天下午，我给玛吉买了一枚订婚戒指，真的戒指。指圈是铂金的，样子有点像根绳子。顶上是单独的一颗珍珠。

告诉你，我的简，我喜欢跟求婚相关的所有事情：买戒指，单膝下跪，问出那个问题。我没料想到自己会喜欢这些事，但我真的很喜欢。我喜欢能够为她做这些事。我喜欢在我们不合传统的恋爱期过后，着手做这些合乎传统的事。

我喜欢求婚的仪式，感觉似乎参与了勇敢而愚蠢的人们的某种盛大传统。

14

玛吉戴上戒指，盯着它看。“珍珠是什么时候成为珍珠的？”她问。

“他们把它放到商店里卖，售价一千美元，这样它就叫珍珠了。”我回答。

“我说真的。它是从什么时候开始不再是一粒尘土，一个侵入牡蛎的刺激物了呢？这个转变发生在什么时候？”

“可能是在它形成第一层珍珠那样的膜的时候。”

“但那会儿真的就是珍珠了吗？会不会太小了点？”

“那就是珍珠，M，相信我。只是还需要时间长出更多层。一颗珍珠里面还有很多尚未成熟的小珍珠。”

“不知道珍珠知不知道。不知道珍珠会不会感觉到自己不再是一粒尘土了。”

“我怀疑不管它是什么，牡蛎都不会在意的。”我开玩笑说道。

她没理我，我的话并不妨碍她的思辨。“我觉得珍珠是知道的。如果你命中注定是颗珍珠，我觉得你自己不可能不知道。某种意义上说，甚至在它成为一颗珍珠之前，它就已经是一颗珍珠了。”

“玛吉，你愿意嫁给我吗？”

她温柔地笑了，凑近我耳边轻声说道：“我愿意，但我要先逗你玩两下。我可没忘记你那该死的绳子，你要知道。”玛吉眯起眼睛，又笑了一阵。

我去找老玛格丽特，准备告诉她这个好消息。她没在她常待的那几个地方。最后我在她卧室里找到了她：她已经死了。她在睡眠中死去。很可能是因为早就可能发生的第二次心脏病发作。也可能仅仅是因为那个纠缠不休的病痛之源——衰老。我在她床头柜上发现了一支红色口红，出于尊敬，我决定帮她新抹上一层。

我去找其他的玛格丽特，心里纠结着是先告诉她们好消息还是坏消息。

米亚房里的桌子上有一张纸条。“拿到了去艺术学校的绘画奖学金。也遇到了养着黄狗的大提琴手。不要等我了。XXXOOO，米亚。”

玛琪的房间里，衣服扔得到处都是。她也留了张纸条："过了这么久，我终于出国了。有空的话我会寄明信片回来的。如果谁找到了我那本《格特鲁德·斯泰因全集便携本》的话，请帮我邮寄过来。祝好，玛琪。又及，玛吉可以拿走我的电炖锅。又又及，我会神不知鬼不觉地回来的。"她的那只眼罩不祥地挂在镜子上。

我出去找梅。她正站在河畔。

"梅。"我叫道。

她朝我招了招手，我也向她招手。"梅，"我说，"我有事情要告诉你。"

她摇摇头。红色的马尾辫甩来甩去，左右拍打着脸颊，于是她的脸也变得红扑扑的了。接着发生了奇怪的事。那两根马尾辫甩得太快，不知怎的竟变成了一对翅膀。然后她开始飞离地面升起来。就在我的眼前，她变成了一只红色的小小鸟。可能是知更鸟？或是红雀？（我对鸟类从来没什么研究兴趣。）反正她就是变成了一只红色的小小鸟，飞走了。

"梅。"我叫她，但她已经消失了。

15

没有理由再作停留，我们打包好她的行李，第二天早上开车回波士顿。我本来可以开车的（我的腿已经好多了），但她坚持由她来开。她发誓这次不会再睡着，我信了她。

那是九月的第一个周末，夏天已然彻底结束。空气清凉澄澈，有着一碰即碎的质感。我们才刚刚过了那座桥，玛吉就把车子停到路边，哭了起来。

“我们要结婚了。”她说，“你向我求婚时，我并没有真正地感受到这一点。我等着确认你是认真的。和你交往时，我习惯了各种空缺。”

“你才是那个带着各种空缺的人。”我说。

“你在开玩笑吗？”她问，“你在我的手指上缠了那条绳子，却没有解释为什么这么做。我们第一次上床后你将近两个月没给我打电话。你根本从来没提过L。至于你的个人经历呢？我见过你姐姐一面，对你父母的情况一无所知。大多数时间，你对我来说都完全是个谜。我甚至都不知道你那该死的中间名。在你的名和姓之间就横亘着这个空缺。”

“我的中间名是蒂莫西。”我说。

“蒂莫西，”她重复道，“这我永远猜不到的。”

“我的父母死于一次坠机。”

“我很抱歉。”

“我姐姐对我的每个女朋友都很挑剔，所以我不喜欢让她们经常碰面。”

她点了点头。

“我没有给你打电话是因为L。”

“这我大概知道。”她承认。

“我自己也没法解释那根绳子，”我说，“所以我都没有尝试去进行解释。”

她重新发动车子，我们开走了。我感觉我们肯定经过了玛格丽特小镇的招牌，但即使经过了，我也不记得了。每个地方都喜欢在你初来乍到之时卖力讨好，然而到了离别时刻却难免冷冷清清。有时当你离开一个地方，你甚至都不知道自己已经离开了。

我们就这样离开了纽约州北部。曾经结了果子的树木不再结果，未曾结果的树木现在倒结了果子。

那个夏天之后，出于某些原因我还回到过这里（一次是开会，一次是参加一位前女友的婚礼），我可以告诉你，它再也不是那年夏天那个样子了，千差万别。

16

婚礼前夜，我又做了一个“富有象征意义的”梦。自从收到那本该死的“梦境日记”以来，我似乎不停地在做着“富有象征意义的”梦。不管怎么说，以下是我的记录：

> 我们在婚礼上。新娘是玛吉。接着我看见所有其他的玛格丽特也都在场。梅是花童。老玛格丽特是新娘的母亲。米亚是首席女伴，玛琪则是伴娘。牧师问新娘：“你愿意嫁给他吗？”所有在场的玛格丽特齐声回答：“我愿意。”

事实上，只有一人出席了我们的婚礼：我的姐姐贝丝。她是一个人来的；那阵子，她倾向于对私人生活保密，哪怕对我也是如此。玛格丽特当然没有尚在人世的亲戚。

我出生于波士顿一个相当显赫的家族，本来可以邀请不少除贝丝以外的宾客，但我不想让玛格丽特经受种种目光的审视。况且，这些人对我而言从来也只是圣诞卡片上的一个个名字而已。（谢天谢地，雅克舅舅已经死了。）当年我和L订婚时，她家里人发出了五百多份订婚喜帖。庆贺订婚的炉上饰钟、纯银相框和马提尼调酒器等等如天赐之物般从四面八方涌来。L心花怒放。我不知道我们的婚约解除后，他们是怎么处理这些昂贵礼物的。比我高尚的人对此想必会有所了解。

我们讨论到婚礼的问题时，玛格丽特说："我对家具物什兴趣不大，没想过举行什么盛大的婚礼。只要新郎是你，对我来说就足够了。"她也不想要伴娘。她觉得婚礼有伴娘是一种病态的风俗。"在中世纪，"她告诉我，"伴娘最先只是在皇室婚礼中用到。她们会穿和新娘一模一样的婚纱，为的是在有人要刺杀新娘时做替身保护她。"[我至今仍然不知道她说的是真是假。你或许可以问问你的贝丝姑妈，她对此类事情向来知识广博。]玛吉唯一坚持要求的细节是捧花——她希望它们是用薄薄的彩纸折出来的纸花。

"为什么要纸花？"我问她。

"纸花更长久，"她说，"我可以永远保存它们。"

"除非有一场大火或是洪灾，或者不小心丢进了碎纸机。"

“还有就是，真花让我感到沮丧。它们闻起来有死亡的味道。”

于是她捧的便是纸花。从远处看，我分辨不出它们与真花的差别。不巧那天下了雨，纸做的假花有点淋湿了。

“还是用真花好。”我说。

她耸了耸肩，把已成糊状的花蕾凑到脸前。她深吸一口，然后说：“它们会干的，看着吧。”

“纸花有什么香味吗？”我问她。

她又深吸一口。“没有，”她对我说，“感谢上帝。”

玛吉一把将纸花扔给已经烂醉如泥的贝丝——她大部分时间都在喝酒。贝丝任由捧花落到地上。“我估摸，这意味着我永远都不会结婚了。”贝丝说。（目前为止，确实如此。）

关于我的第一次也是最后一次婚礼，还有什么值得说的呢？婚礼前夜我们是分开睡的（是玛吉的主意——她是有多传统啊！），我多少有些担心，不知道第二天早上娶到的会是哪个玛格丽特。我很幸运，那天我娶到的是与我年龄相仿的玛格丽特，既不小也不老。她是一个全新的玛格丽特，似乎其他所有玛格丽特都因此被抹去了。然而，当我凝视她的双眼，我依然在那里看见了玛琪、老玛格丽特、小梅和其他模糊不清的玛格丽特的影子。我甚至第一次看见了格蕾塔。我以前从未见过她，但仍然一眼认出了她。我知道我娶的是所有的玛格丽特。当牧师宣读誓言时——我一直觉得这段誓言有点像戏剧里的台词——我生平第一回理解了它的准确含义。即使你保证只娶一人，但每一句话（无论富裕！无论贫穷！无论患病！无论健康！）指代的都是你将与之结合之人的不同的侧面。

啊，简，回想起我这场唯一的婚礼，我还是希望当初多置办一些家具物什。如果有一台标准尺寸的搅拌机、一床一千二百纱支的羽绒被，夫妻就更可能长相厮守（或者说，更不可能轻易分手）的话，那么我真希望我们当时拥有世界上所有的家具物什。

那天晚上我们躺在床上——第一次作为夫妻同床共枕——她跟我讲起这个故事。

“N，”她问我，“你知道我们的婚礼是今天的第一场吗？”

“当然知道。”在我们之后，教堂里还安排了另外两场婚礼。

“嗯，婚礼后我回更衣室取东西，第二场婚礼的新娘已经在那里了。她穿着和我一样的婚纱。一模一样。一样的剪裁，一样的颜色。一毫不差。”

“大多数婚纱看过去都差不多，不是吗？白色的？蓬蓬的？”

“这不假，但我告诉你，这真的是和我的一模一样。而且那个新娘长得和我也有点像。只是她的头发是金色的。这不是很奇怪吗？”

“是啊。”我说，尽管在经历了恋爱期的那么多事情之后，我已经对这事见怪不怪了。实际上，我甚至觉得它很平常，平常得让人幸福。是那种可能在任何时候、任何地方发生在任何一场婚礼任何一位新娘身上的有趣的小插曲。我想象着多年以后，玛吉把它讲给我们的孙子孙女听。只是到那时候，故事肯定早已被添油加醋了。“另外一位新娘很可能是我的双胞胎姐妹。”玛吉会这样说，“另外那位新娘太紧张了，晕了过去。她的母亲问我能否代替她，走过教堂通道，我答应了。我穿着一模一样的婚纱，跟你说吧，那新郎一开始压根儿都没看出差别来。”

“你笑什么？”她问，“你看起来好像有什么秘密似的。”

“我是在想象……”我说，“我只是……”我再次欲言又止。“我很幸福，”最后我说，“世界上有千千万万个玛格丽特，千千万万个玛格丽特都可能是今天的新娘，但我很庆幸是你而不是别人。不然很有可能会是另外一番情形，你知道的。”

她看着我，满脸疑惑。“什么意思？”我看得出来，玛格丽特小镇对她而言已成为了遥远的回忆。

“有时我会想，我们走到今天这一步，需要多少机缘巧合啊。你得在二十五岁的时候还待在U大学。你得拖到大四第一学期才修读哲学必修课。你还得每次逃课。你的床底下得放着一支钢笔。你得——”

她打断了我：“然而这些或许都只是细枝末节。即使每件小事都全然不同，没准我们还是会相遇的呢。

“又或许，你会遇到一个与我完全不同的女孩，但你甚至都不会察觉有任何差别，”她轻声说道，“你和她在一起也会非常幸福，甚至会比和我在一起更加幸福。”

“我会感觉到差别的，玛吉。我可以告诉你，肯定会的。”

之后我们开始做爱。我无法说出婚前性爱与婚后性爱之间有什么明显的区别。况且，贝丝说得对，你不会想听到太多关于你父母之间性生活的细节。但是简，我要告诉你：在玛格丽特·汤的身体里，我曾非常幸福。

你或许会问，我们结婚后，她到底是哪个玛格丽特呢?

最终，大多数时候她还是玛吉。

大多数时候她是玛吉，我是这么认为的。

她是玛吉，但我意识到，我从未真正地了解过她，一点都没有。

所有这些精致的折磨

1

一月份的时候，她在小镇一隅开了家艺术品商店。那条街上开满了艺术品商店，所以大家叫它艺术品商店街。她的店专营建筑遗物，整条街独此一家。

店外悬挂着一块颇有品位的方形小招牌：

M·汤

~

拾遗

招牌上再放“家居”两个字就太挤了，但她又担心只放“拾遗”含义不明。在“美观”和“直观”中，她选择了美观，这可不是她第一次作出这样的选择。

隔壁的艺术品商店专营善本书和短时收藏物。她开张营业的那天，隔壁店主过来介绍自己，并用一瓶价位中等的香槟表达了睦邻友好之意。作为回馈，她提议与他共享香槟。

隔壁的男人边打开香槟边问她：“M是什么的缩写？”

她回答：“玛格丽特，但是我一直很讨厌这名字。”（这是她的标准回答。）

“大家一定都叫你麦格吧，”他说，接着又重复了一遍，“麦格。”

此前从没人叫过她麦格。她有过很多别名，可麦格从来不在其列。她有点想另挑一个别名告诉他，却突然觉得不胜其扰。更何况，又有什么区别呢？他想叫她麦格就叫吧。“没错，”她说，“麦格。”

那男人把香槟倒进了两个纸杯子里，说：“很高兴认识你，麦格。”她懒得纠正他。

2

二月份的时候，麦格那颇有品位的方形小招牌掉了下来。隔壁那位好邻居过来帮麦格把招牌重新挂起来。

隔壁的男人问:“你是本地人吗?”

麦格回答:“不是，我是来这儿读书的。”

“太巧了，我也是。”他说。结果他们发现，虽然读的学院不一样，但他们曾在不同时期住过同一幢公寓。他问:“那你之前是哪里人呢?”

“我出生在奥尔巴尼。”她回答。

显然，他对奥尔巴尼非常熟悉。他的祖父母在搬往佛罗里达之前就住在奥尔巴尼，他以前每年夏天都会去奥尔巴尼。他们又发现，他祖父母住的地方离她的童年旧居仅四分之一英里之遥。

“那你现在住在城里的哪一块呢?”他又问。

“住在查尔斯街。”她说。结果是，她城里的房子紧邻他与萨姆（全名萨曼瑟）去年四月份结婚前住的房子。

他们还进一步发现，麦格是去年五月份刚搬进这套她的丈夫从杰克舅舅那里继承的房子的。

“我感觉我们穷其一生都在不停地彼此错过。”隔壁的男人开玩笑道。

麦格笑得很勉强。

招牌装好后的几小时里，那男人的话仍然微妙地折磨着麦格。一整个下午，这句话一直萦绕在她脑海里：我感觉我们穷其一生都在不停地彼此错过我感觉我们穷其一生都在不停地彼此错过我感觉我们穷其一生都在不停地彼此错过。想着这些使她伤感（她不知道为什么），但她喜欢这种伤感（她也不知道为什么）。

回到查尔斯街的家中后，她把这故事告诉了她丈夫。

“很显然，”她丈夫打趣说，“如果你没遇见我，你肯定会爱上他。”

麦格亲了亲自己的丈夫，表示不会这样。

她的丈夫问：“话说，他到底是卖什么的？”

“善本书。短时收藏物。”

“短时收藏物，”她丈夫重复道，“具体指什么呢？”

“我也不清楚。”麦格说。

她丈夫查了查字典。“‘只在短期内有用的印刷品’，”他读道，“‘短命的东西’。好吧，依我看，靠这个可发不了财。”

第二天，麦格为了挂招牌的事向隔壁的男人道谢。为了表达她的诚意，她提出他可以从她店里挑点什么带走。“我本想帮你选点东西来着，可我真不知道你喜欢什么。你就随便什么时候自己过来选吧。”过了一秒钟，麦格补充道，“你和你妻子。”麦格没法让自己大声说出他妻子的名字。

3

三月份的时候，麦格店里在出售以下物品：

十个枝形水晶灯，来自一艘船上的舞厅（麦格希望一家饭店或公司可以买下整组水晶灯，她不想把它们分开）

一面铜镜，来自二十世纪二十年代的一家妓院的厕所

一个雕刻了丘比特、水果和花卉的红木栏杆支柱

一个铁扶手，来自新奥尔良一家酒店的走廊

一块十八世纪法国香水的招牌（也是铁制的）

一百多扇门（其中最瞩目的是一套手绘双扇门，来自佛罗里达圣奥古斯丁的一所教堂；手绘图案讲述的是诺亚方舟的故事）

五十多扇窗（麦格很为之自豪。她总是惊叹于窗户

这样的物品，明明清澈透明却能形态各异）

二十五个梨形玻璃门把手，来自加利福尼亚的一家土耳其澡堂（麦格不知道是这些门把手形状像睾丸呢，还是所有门把手形状都像睾丸）

各类五金器具（抽屉把手、窗帘杆、水龙头、铰链等等）

三月份的最后一个周六，隔壁的男人带着自己的妻子萨姆来她店里选她答应送给他们的礼物。

“麦格在吗？”隔壁的男人问道。

“她不在，”麦格的店员姑娘按指示回答着，“但她告诉过我你们会来。”

当然，麦格此时正躲在她的办公室里，办公室位于店铺上方的阁楼。从这个位置，她可以不被发现地肆意观察隔壁的男人和他的妻子。

他的妻子跟麦格一样高，留着金棕色的头发，就像麦格曾经的发色，后来麦格把头发染成了红褐色。麦格判断有些人会觉得他妻子比麦格漂亮，但大多数人会觉得麦格比他妻子漂亮。虽然两人风格差不多，但麦格认为自己眼睛更美，胸部也更大。

他的妻子礼貌地把麦格的卖品赞了个遍，最后把目标锁定为十个一套的玻璃制抽屉把手。这套把手来自于一个装饰派艺术风格的带镜化妆桌，而桌子已经年久失修。这套把手标价八十美元。麦格有点舍不得这套把手，但她必须承认他妻子的选择再恰当不过——这套把手不算便宜也不算太贵。

“替我们谢谢麦格。”隔壁的男人对店员姑娘说。

“真希望能见到她，”他妻子出门时遗憾地说，“不过待在她的店里让我觉得已经差不多认识了她。”

“你一定会喜欢她的。”隔壁的男人边说边帮妻子拉开门。“她很像……”在麦格听清整句话之前，门就已经关上了。

麦格躺在办公室的地板上，开始比较隔壁的男人和自己的丈夫。隔壁的男人远不如自己的丈夫英俊，她思忖。隔壁的男人也不如自己的丈夫聪明，她又想到。隔壁的男人还比自己的丈夫穷，比自己的丈夫胖，头发也比自己的丈夫少。

那麦格为什么还对这个隔壁的男人念念不忘呢？

麦格的店员姑娘跑上来找她。“午觉睡得还好吗？”店员姑娘愉快地问道。

睡午觉是麦格用的借口。“我就没睡着。”麦格坦白。

“那可真糟糕。”店员姑娘说。“你应该下来的。他的妻子好漂亮，长得就像嫁给约翰·肯尼迪的那女人。”

“你说的不是杰姬吧？”

“不是，是金发的那个，嫁给他儿子的那个女人。”

“卡罗琳·贝赛特·肯尼迪。”麦格说。

“对对，就是她，除了头发颜色更深。”

“其实，也有人说我长得像卡罗琳·贝赛特·肯尼迪。”麦格说，尽管没人这么说过。

“真的吗？”

“嗯，在我发色更浅一点的时候。”

店员姑娘微歪着头，端详着麦格。她把一只眼睛闭上，说道:“也许，也许吧。对，我看出来了。”可麦格看得出店员姑娘只是出于礼貌才这么说的。店员姑娘压低了声音:“我知道这么说很坏，但我没想到他的妻子会这么漂亮。她比他好看太多了。”

“或许他有其他优点？”麦格提出。

“是啊，我猜是的，”店员姑娘边检查着自己的法式指甲边说，“他看上去挺贴心的。”

麦格想揍这个店员姑娘，不过就在此时麦格的丈夫走进了店里。

“这才是英俊的男人。”店员姑娘耳语道，“你丈夫太他妈性感啦，麦格。”店员姑娘挺着胸，风骚地向麦格的丈夫挥手。“我们在这儿呢，帅哥。”她叫道。

确实，大多数女人（和男人）会这样看麦格的丈夫。与其说帅，不如说他是性感。他的性感让人觉得他比实际更帅。

4

四月份的时候，麦格开始和隔壁的男人共进午餐，几乎每天一起，除了周末。他们两个人维持着单纯的工作日里的友谊。他们通常在离店最近的饭店“双喜临门”吃中餐，点一份4.5美元的午市特价套餐。除了主菜，午市特价套餐还包括苏打水和幸运饼干。

在某个周五，麦格在同一块幸运饼干里发现了两张纸条。第一张写着：

聪明的话就别向别人索求过度。

第二张写着：

智慧的人无所不知。精明的人无人不知。

她之前也收到过这些纸条。她发现吃了两周的中餐后，这些幸运饼干里的纸条就开始重复了。在她收到两张纸条的同一个周五，隔壁的男人只收到了一张纸条：

你认为坦诚很重要，并且有很强的职业道德。

在床上呢？麦格禁不住想知道。隔壁的男人看向麦格，她脸红了。

“你看上去像是有什么秘密。”他说。

他知道我在想什么，麦格想。“我没有，”她向他保证道，“我是一览无遗的。”

“我妻子的妈妈也一直用这种说法。”他告诉她。

“哦？”

“她一直说这两句话。一句是‘我是一览无遗的’，另一句是‘事情就只能如此’。”

“事情就只能如此。”麦格重复道，“听着有点丧气。”

“萨姆也总是这么说，”隔壁的男人说，“不过我不同意你俩的说法。毕竟，有的时候很多事情的确就只能如此了。”

“我觉得是人们说这句话时的心情很丧气，”麦格说，“没人会说‘我中彩票了，事情就只能如此’。人们说事情‘就只能如此’的时候，心里总是希望情况恰恰相反。”

这时隔壁男人的手机响了，他得立刻赶回店里。

事情就只能如此，麦格想。

5

五月份的时候，一个体格魁梧的男人试图从麦格的店里偷走一个中等大小的水泥鸟澡盆。那鸟澡盆里还有两只玉鸽子，重量可能超过一百五十磅。因为麦格店里出售的多数东西都体积庞大，偷盗的事情几乎不太发生。

隔壁的男人追赶着小偷，并很快就抓住了他。小偷的逃跑速度因为那一百五十磅负重而大打折扣。

满头大汗、上气不接下气的小偷被抓住后看上去几乎如释重负。他撑住自己身体的一侧，说："我觉得我要疝气发作了。"

"活该。"隔壁的男人说。

偷东西的男人耸了耸肩并且道了歉。"我没料到这玩意儿那么重。"

"你当时脑子里究竟在想什么？"麦格问。

“我只是很喜欢这些小鸟。我是想送给我老婆的。她喜欢这些东西。”

小偷喘着粗气。麦格看着他的眼睛，她觉得他天性不坏。而且麦格也喜欢那些小鸟。

“这玩意儿多少钱？”小偷问，“我会付钱的。”

“一千美元。”麦格回答。

“天哪，你没开玩笑吧？”

麦格点点头。实际上它标价三千美元，但麦格想说个她认为他能付得起的价格。

“你有付款计划吗？”

“麦格，”隔壁的男人说，“你现在真应该报警了。”

麦格耸了耸肩。“不值得。”她说。

“那么我现在能走了吗？”小偷问道。

麦格又耸了耸肩：“为什么不能呢？”

隔壁的男人放开了小偷，小偷赶紧拖着脚跑掉了。

“永远别回来！”隔壁的男人大喊。

“谢谢。”麦格对隔壁的男人说。

隔壁的男人耸肩道：“你不该放他走。这是原则问题，麦格。”

麦格看得出隔壁的男人对她很失望。失望，她注意到，是他曾对她表现出的最强烈的情感了。她不得不转过头去不看他，因为他的失望激起了她一阵奇怪的反应。不知道为什么，他的失望居然让她充满无法言喻的愉悦。

就在那一刻，麦格终于明白了一件事，在她最初允许隔壁的男人叫她麦格的那一刻她就开始怀疑这件事了。

麦格爱上这个隔壁的男人了。他挽救了她的鸟澡盆，并且帮她修好了招牌。他做的这些事让她的心中充满了欲望和感激。她无法将这两种感受分开。

麦格大笑了起来。只不过因为一个男人帮自己救下了鸟澡盆和修招牌就爱上他，这件事太荒谬了。

麦格爱上了一个绝对比不上自己丈夫的男人。但是他比她的丈夫新鲜。在爱情里，总是越新鲜越好。

麦格坠入爱河了！她沉浸在爱里，虽然有点莫名其妙，也有点糟糕，她还是想告诉每个人这件事。更荒谬的是，她甚至想告诉她的丈夫。

6

六月份的时候，整个世界都齐心协力让麦格确信她已坠入爱河。

她读到了一篇报道生活方式的文章，文章满是陈词滥调，但报道的对象是一对已婚的艺术品商人。

麦格正在看一本书，书中一个人物跟隔壁的男人同名，结果，这本非常薄的书她花了整整一个月才读完。

在她去圣克鲁斯参加废物利用会议的飞机上，空姐给了她一小包椒盐脆饼干。她一开始不想要的，但空姐坚持让麦格拿着。“等下你会需要的。”她说。一小时后麦格发现这包椒盐脆饼干是爱心形状的。这是饼干厂家的营销手段，让大家联想到吃椒盐脆饼干可以减少心脏疾病。而麦格看着这包脆饼饼干直想哭。

麦格觉得自己比隔壁男人的妻子更美更聪明，但她也知道这无济于事。他先遇到了他的妻子。爱情比任何事情都更讲究先来后到。不过，麦格喜欢用如下猜测来自我折磨：或许他只是因为没有先遇到我才娶了她?

过了一段时间后，麦格试图控制自己不再爱隔壁的男人。只要他的名字一浮现在她脑海里，她就拧一下自己的前臂。她这样尝试了将近整整一个星期，但却没有奏效。只是在她的前臂上增添了很多小而恶心的乌青。她的丈夫问起这些乌青时，麦格回答:“我一点儿也不知道它们是怎么来的。”

7

七月份的时候，麦格过了自己的三十一岁生日。隔壁的男人给她买了一件生日礼物。那是一块来自亚拉巴马州玛格丽特一家电影院的古董电子招牌。招牌正面的旧灯泡已经破损不堪，需要重新接线。招牌上写着：玛格丽特小镇电影院。麦格推测这招牌已经有八十年的历史了。它华而不实、花里胡哨的样子属于那个过去的时代。麦格大爱这个招牌。

“我在一个跳蚤市场看到的，它让我想起你，”他说，“你以前知道亚拉巴马州有个叫玛格丽特的地方吗？”

麦格当晚就把这招牌带回了家，还因此跟丈夫大吵一架。麦格总是喜欢带回家很多她认为是“艺术”而她丈夫认为是“破烂”的东西。

这场架可谓那类“开天辟地”的争吵之一，翻出了从相识之初开始的无数陈年旧账，时长九小时，还不算中场休息的一小时吃饭时间。

以下是麦格吵架时说的一些话：

你总是一成不变这点才奇怪吧。什么样的人会从来不改变？这他妈的也太奇怪了吧。

今天他妈的是我的生日，你这个浑蛋。

不要把我想得这么复杂！我只需要一个人简简单单地爱我！你把我想得太复杂了！

我绝对不会和你姐姐一起过感恩节。她烧的饭太他妈难吃了！

你为什么不肯跟我共用杯子？你觉得我很脏还是怎么样？我实在想不通。

你为什么总表现得好像我马上要崩溃一样？为什么你总觉得我很敏感脆弱？

你看我的样子都令我讨厌。

然而，对她丈夫来说，归根结底只有一件事。他厌倦了看见到处都是她的“破烂玩意儿”了。他多次以不同的方式不同的措辞表明了自己的观点。他建议她多把这些“破烂玩意儿”放在店里，但这对他来说其实也不是什么大事。很早（准确说来，在第一个小时的时候），他就后悔自己多了嘴。从那一刻起，他根本没听她在说什么。

不过，麦格已经决定在这个特别的夜晚大战一场，她也这么做了。酣畅淋漓地大吵一场可能会让人产生巨大的满足感。她把这次争吵当作送给自己的生日礼物。

8

八月份的时候，麦格考虑要离开自己的丈夫，但是离开一个人比你想象得要难很多。钱、房子、宠物和感情都要分割。分手要做的实际工作多得让人喘不过气。麦格怀疑大多数夫妻不分手只是受不了这麻烦。

麦格此时醒悟，虽然她想要一场婚外情，但她并不是那么想离开自己的丈夫。

八月底的时候，麦格的丈夫给她买了二十四朵郁金香：十二朵红色的，十二朵白色的。有那么一瞬间，麦格觉得糟心的一切都明朗了起来。

9

九月份的时候，麦格看见自己的丈夫与一个女人共进午餐。在娶麦格之前，他曾跟那个女人订过婚。她丈夫没跟她提过要跟这个女人共进午餐的事。

那个女人的名字叫利比。麦格看着自己的丈夫跟利比调情足足有二十分钟，可是这对她真的无所谓。麦格知道，除了他的姐姐贝丝，利比是她丈夫在这世上唯一的真朋友。

麦格观望着利比，想知道自己的丈夫有没有跟利比上床。麦格觉得有或没有她都不在意。

尽管有或没有麦格都不在意，她还是将这些信息存入大脑，以备日后使用。

10

十月份的时候，麦格跟隔壁的男人上了床。这场性交乏善可陈，她觉得有点虎头蛇尾。从某种程度上来说，性倒从来都不是重点。

值得一提的是麦格怀疑隔壁的男人在此过程中放了屁。

他们是在隔壁男人的公寓里上的床。因为屁，麦格分了神，完事后急于离开现场，以致于穿了两只不同的鞋子回家：一只是她自己的；另一只是隔壁男人的妻子，萨姆的。两只鞋子非常相似，都是黑色皮革的。麦格的鞋头更方些，萨姆的鞋跟更高一些。

麦格的丈夫在她一进门时就发现了这一点。

“嗨，玛吉，”他说，“你今天就是这样出门的？”

“怎么了？”麦格问。

“你脚上穿着两只不一样的鞋子，可爱的姑娘。”

麦格的丈夫走过来帮她脱掉了萨姆的鞋。“看看。”他说。

玛吉从他手中接过鞋。她立刻意识到自己犯的错而涨红了脸。麦格的丈夫把她的脸红误读为她因自己的粗心大意而尴尬。他拥抱了她。“是你工作太辛苦了。”他说。

麦格站在那里，脚上穿着她自己的一只鞋，她最喜欢的一双鞋，现如今只剩下她脚上的这一只了。她不知道隔壁的男人要如何向妻子解释麦格的那一只鞋从哪里来，以及她自己的另一只鞋还能不能找到。

对于所发生的一切，我最后悔的会是丢了那只鞋，麦格想。

麦格盯着那只光着的脚看，发现大脚趾上有个大水泡。愚蠢的贱人和她那愚蠢的磨脚的鞋子，麦格蛮不讲理地想。

麦格的丈夫想立马跟她做爱。尽管她压根一点儿都不想，但还是同意了。不过她说她得先洗个澡。

11

十一月份的时候，麦格的高中老友麦克尔往她家里打了电话。这么多年过去，她依然在电话里听出了他的声音。当麦克尔叫她米亚的时候，她觉得自己立刻回到了十七岁。

麦克尔是麦格的初恋，实实在在的初恋。他们一起度过了痛苦的两年。他现在是位拉比[①]，也已经结婚。但他只要一到城里，就会抽时间打电话给麦格。他现在叫麦克拉比。

“麦克，那你怎么看一夫一妻制？”麦格问麦克拉比。

“哦，我赞成？”麦克边笑边说。

“但它可行吗？”

“也许？”

---

① 犹太人中，是老师也是智者的象征，多为神职人员。

“我是说，我们一旦结婚，就不再跟异性做朋友了。你结婚了，哇！你必须觉得世上一半的人口都变得毫无吸引力。”

“你还是可以有男性朋友的，麦格，不过建议你不要跟他们上床。”如果麦格准备跟一个男性朋友上床，麦克拉比觉得那也得是他。

麦格摇了摇头。“最近我觉得很累。”她对拉比说。

“你看上去也很累。”

“还很老。”她补充道，“看看我现在的样子。我知道我不会一直都年轻，但我没想到会老得这么快这么迅速。”

“我更喜欢你现在的脸。饱经沧桑。”

麦格翻了个白眼。“操。”麦格对拉比说。

“操。”麦克拉比说。

“你知道吗，麦克，我今年的大部分时间在爱一个人，但这人不是我的丈夫。我觉得我快疯了。”说出口的那一刻，她感觉好多了，轻松多了。

麦克拉比点了点头。他已经很习惯人们向他倾诉各种各样的问题，能够帮帮老朋友也不错。

“我受不了了。我坚定不移地说服自己没他我就活不下去。没有切实的证据表明他对我的感情也是如此，但我就想抛弃一切跟他而去，麦克。我真的想。”

麦克拉比再次点了点头。内心里，他没法想象会有男人对麦格无动于衷。

“我跟他上过一次床，但他不爱我，我知道。他很爱自己的妻子，自始至终对她一心一意。我不知道为什么当时我那么想让一个好男人堕落，但我确实这么做了。”

“也许这就是吸引你的地方？”

“我告诉你，麦克，这确实是他最吸引人的地方之一。是不是很变态？我爱他是因为他深爱着另一个女人。”

“可怜的人。”麦克拉比说。

“好在，这场爱恋也不是彻头彻尾地让人讨厌。知道自己还能如此爱一个人，我很高兴。爱一个纵使你知道不可能爱上你的人，这本身就是一种乐趣。痛苦让我感觉真真实实地活着，就像他们说的那样。”

“爱情，”麦克拉比摇着头说，“所有这些精致的折磨。”

“我每时每刻都抑制不住地想他，哪怕他不比我丈夫好。我试着控制自己不去想他，但我对这一切真的无能为力。想他的时候像毒瘾发作。一连数月，我脑子里只有他。不知怎么的，每次他提及自己的妻子，我都觉得是他背叛了我。我觉得那是他用刀子捅我的心。”

“后来发生了什么？”

“我跟他上了床，但是感觉毫无意义，根本不值得如此。又过了一阵子，我就不再想他了。”

"你的丈夫知道吗？"麦克拉比问。

"他不知道，"她说，然后改变了主意，"实际上我不确定。"

"其实你也是如此。"麦克拉比说道，目光低垂，"我是说对我来说，你也是如此。即使过了这么多年，我还是会不停地想你，不停地想'如果……'会发生什么。这些'如果'真是要人命。即使后来我遇见了艾丽安，我还是会控制不住地想你，米亚。我向她求婚的时候，我觉得自己背叛了你。"

麦格大笑了起来。"我们不停地在背叛。不是背叛我们现在的伴侣，就是背叛我们还没遇见的人。如果要背叛一个还没遇见的人，我们可能要先背叛自己才能做到。你觉得言之有理吗？"

麦克拉比摇了摇头。"没什么道理。不过感情的事有什么道理可讲？"

"这是你在宗教学校学到的吗？"麦格翻了个白眼。只要和麦克在一起，麦格就会变成个坏脾气的青春期少女。"你知道吗，他长得也不帅。就是一个普通人，就是个男人。你知道滑稽的是什么吗？他跟你长得一模一样，他就像是你的兄弟。"

"真是不胜荣幸。让我把话说得更直白点：他一点儿也不帅，平庸至极。你都不知道，这话在我听来有多顺耳。"

"哦，麦克，你别这么想。我只是想说，我不确定我对这个男人的爱在多大程度上是因为他像我的初恋。"

“你那实在平庸的、不帅的初恋。”

“你知道我是爱你的，麦克拉比。”她时不时地叫他麦克拉比，因为她知道这能让他怒气渐消。

拉比摇摇头，转过去不看麦格：“我也爱你，米亚。我会永远爱你。我大概整整一生都会爱着你。”

但是麦格知道麦克拉比其实并不爱她。他爱的是一个名叫米亚的十七岁姑娘，可她已不复存在。对初恋的执念从来都跟对象无关，都是人们对自己的怀念。麦克拉比爱麦格是因为她记得他还不是麦克拉比时候的模样。

“你想听听我的意见吗？”麦克拉比在分别前问。

麦格点了点头。

“你说你不爱你丈夫的时候其实是在自欺欺人。你只是不愿相信自己居然仅仅因为无聊就背叛了他。”

“或许吧。”麦格承认。

“因为总会有一个隔壁的男人，米亚。”

感恩节的时候，麦格以为自己得了流感。那个漫长的周末，她几乎都是在卫生间里度过的。

麦格以为自己得了流感，可她没有。她怀孕了，但她还不知道，她要在六个星期后才发现这一事实。

12

十二月份的时候，店里的租约到期了。麦格决定不再续约。建筑遗物的生意不如她预期的好，麦格已经受够了。

她没有告诉隔壁的男人或者她的丈夫这一决定。她只是把那块颇有品位的方形小招牌拿了下来，然后就离开了。

从商店回家的路上，麦格想到了自杀。

在U大学二年级的第二个学期里，麦格的室友向着奔驰而来的地铁一跃而下，结束了生命。麦格和那位室友曾经亲密无间，室友离世后麦格从学校休学三年。在那备受煎熬的三年里，麦格一直在想，她室友自杀得特别容易。直至今日（就是今天），麦格都在好奇人们为什么要拼命苟且求生，明明轻而易举就能死去。

麦格曾经试图向丈夫解释为何室友的死对她影响深远。“卡特死后我才意识到自杀是一个可行的选择，在这之前我不明白这点。”麦格说。

她的丈夫说他不懂她是什么意思。

“这就和度假一回事——即使你从没想过要去马斯蒂克岛度假，只要你的朋友去过了，你就会觉得那里是可以度假的地方。如果你朋友可以去，那你也当然可以。”

她的丈夫说他不明白她是什么意思。

在过去的岁月里麦格想过很多关于自杀的事情，她觉得卧轨是最好的自杀方法之一。事先不需要很多准备工作，也不会产生费用。然而，这个方法也有缺陷，万一火车碾压的方式不对，那就达不成目标。你可能只是变瘸或瘫痪。如果你真想自杀，你得找个万无一失的法子，麦格想。

麦格认定割腕会好得多。她会选一天丈夫肯定不在家的日子来做这件事。割腕的时候你可不希望有人打扰，麦格想。

麦格去文具店买了店里最贵的信纸。回家后她开始给丈夫写信。才写了“亲爱的N”，她就发现无话可说。

麦格想，不如就放弃写信，直接割腕吧？她走到浴室，拿出丈夫的一把剃须刀，从塑料套子里强行拔出刀片。她把刀片举到手腕边。刚要下手，她发现自己忍不住要吐了。

恶心的感觉打消了麦格的自杀冲动。她想改日再自杀。

今天，麦格刷了牙，把刀片扔进垃圾桶，然后决定离开自己的丈夫。

呢呢喃喃

1

一开始时就有两个，但他们不知道彼此的存在。

一个在想，我是孤零零地在这儿吗?

另一个回答，你不是。

一个纳闷，这回答是不是我幻想出来的。

另一个保证说，不是你幻想出来的。

一个问，你怎么知道我们不是同一个?你怎么知道你不是我臆想出来的?

另一个想了又想，最后承认，的确有这可能。

一个在想，看来我们就是同一个，因为你知道我在想什么。

另一个想，你说得有道理。

一个在想，话说回来，这里太暗了，你也很有可能并不是我。

另一个表示赞同。

一个在想，我希望你不是我，这样我就不至于感觉那么孤零零的了。我永远有你陪着。

另一个想，在确信我们是同一个之前，我们应该把我们当作两个，反正这样做没什么坏处。

一切就这样尘埃落定了。

2

我觉得我能听到别人的声音，一个在想。

这里只有我，另一个想。

是外面的人，一个坚持说。

外面有什么？另一个问。

我不确定。我觉得外面或许也有像我们这样的。

你确定你听到的不只是我?

不，不是你，是外人，一个想。这跟与你在一起时的感觉不一样。

但是——

听!

一个和另一个都在听，可是之前听到的不管是谁的声音却消失了。

我听见了，另一个想。我听到了一声温暖的有节奏的敲击。一声……一声心跳！

是你自己的声音吧，一个想。

不，另一个坚持着，不是我们，是别人。比我们更大更强壮，更像你而不像我，我觉得。

一个在听，在想，是的，我知道你到底在说什么了！那就是我也听到的声音。也许这声音和心跳属于同一个人？

也许，另一个想。嗨，我突然有了个想法！

我知道，一个想，在你想之前我就知道了你的想法。你在想我们是不是住在同一个身体里。我也觉得有可能。现在想想，这个声音从我记事起就存在了。

这很奇怪吗？另一个问。

如果自始至终一直都是这样，又怎么会奇怪呢？一个回答。

3

就这样过了好几周。其间，一个的听力大有长进。

另一个比一个睡得多，在另一个睡着时，一个真真切切地听到了一个奇怪的声音。那是个低沉的、断断续续的、忧郁的声音。一个却觉得那声音十分悦耳。那声音说：

叫我的名字可没用，女孩
你以前也没叫过
叫我的名字可没用，女孩
我再也听不见你的声音

一个把另一个踢醒，现在一个可以用脚了。醒醒！醒醒！

干吗？另一个问道。

听。

我边想边猜边走路

我曾经爱过一个女人，有人说她是个孩子

我给了她一颗真心，她却想要我的灵魂

别再想了，没事的

那是什么?

那……是个好听的带语言的声音，还有点别的什么。噢，我也不知道怎么形容。一个搜肠刮肚想形容这个声音，突然一个词语蹦了出来：音乐!

我听不见，另一个坦白。

你什么意思?

我的听力不如你。我的耳朵还不太好。

一个为另一个听不到音乐而伤感。正在此时，一个有了个妙计：我来哼给你听。

你真的可以?

我不知道，但我可以试试。

一个试图哼出那首歌。天哪，一个思忖，这可完全不是我听到的那首歌。

我挺喜欢的，另一个想。别停。

就这样，一个尽自己之力还原了印象中的鲍勃·迪伦，尽管一个还不知道鲍勃·迪伦是谁。一个发现没有吉他或口琴或语言或非常成熟的声带，很难还原鲍勃·迪伦。

在外面的世界，玛格丽特关掉了电唱机。她觉得自己可能第一次听到了宝宝发出的声音。她都不知道在这个阶段是否有可能听到宝宝的声音，她决定等下看看婴儿发育手册。

“你好，宝宝们。”玛格丽特轻声说。

一个停止了哼歌。嗨，我觉得有人在跟我们说话。

在说什么？另一个问。

嘘，让我告诉你。嗯，它说它是我们的妈妈。它还说我们一个叫简，一个叫伊恩。

你想叫什么？另一个问。

伊恩。

不知道为什么，我认为你应该叫简。另一个想着。

好吧，就按照你说的。我做简，你做伊恩。除非将来我们发现我才是伊恩，你其实是简。

当然，另一个同意这么做。

从那天起，一个就叫作简，另一个就叫作伊恩。

4

我们被赋予了两个不同的名字，所以我们一定是两个个体，简想。

我们已经按照这个原则来行事有一段时间了，伊恩回答。

可是我们有什么不同呢？简想知道。简和伊恩有什么不同呢？

我也不确定，伊恩想。也许他们只是给我们不同的名字来区分我们，但实质上我们毫无区别。

我注意到我比你大，简想。我还注意到我吸收的营养似乎比你多。也许大一点儿，营养吸收得多一点儿才能当简？

你觉得妈妈知道这里的情况吗？伊恩问。

我想妈妈能猜到，但她没办法确定，简回答。

身体里有个简，还有个伊恩，却对他们一无所知，这不是很奇怪吗？

是会挺奇怪的，简同意这样的说法。但也未必。也许我们一直在妈妈的身体里，那这一切就再自然不过了。

你觉得以后我们身体里也会有简和伊恩吗?

我不知道。

你觉得妈妈能听见我们的所思所想，就像我能听见你的所有想法一样吗?

我不知道。

你觉得我们会永远在这里吗?

我不知道。

你觉得——

伊恩，我不知道!

好多未知的东西啊，简，我们如何能全都知道呢?

我觉得最好是一个问题一个问题来，简这样决定。

你觉得我们会永远在这里吗?伊恩问道。

简想了又想，想了再想。我还是不知道，简不得不承认。

我很高兴有你在这儿，伊恩想。我没法想象一个人孤零零地在这儿。

5

伊恩，你长得真是远不如我快！

我知道，伊恩承认。但是从某方面来说，这也是好事。这里地方有限，如果我跟你一样大，这里就可能太挤了。

你说得有道理，简想。不过，你现在也该长出肺了吧？我已经有肺了。

什么是肺，简？

就是身体里那些好玩的泡泡。我想如果你将来得出去，它们可能派得上用场。

你怎么知道我们会出去？可没人说过什么出去的话！

如果，伊恩，我说的是如果。

更何况，我是有肺的。它们只是比你的小点。而且这玩意儿谁需要啊？

拇指呢？你现在不该有更多拇指吗？

我有拇指啊，伊恩抗议。告诉你一声，我的拇指已经长出来一段时间了。

别这么恼火啊，伊恩。我只是为你担心。

而且，“自以为是坐拥大拇指和肺”小姐，我有个你没有的东西！

是吗，是什么？

我的双腿之间还有个拇指。

怪怪的，简想。

就这样她发现了简和伊恩之间的不同。不过对她来说，这只是个技术细节上的不同。

6

伊恩想，我爱你，简。我对你的爱超过对世上任何人。

世上你只认识我一个。

不对。我还知道妈妈和音乐，也许还有别人。

对是对，但你不认识他们，不十分认识他们。如果你了解他们就像你了解我，你可能也会爱上他们。

但是世间万物中只有你我找到彼此并相依于此，这不是很神奇吗?

是挺神奇的，简同意。

永远别离开我，伊恩请求道。

我能去哪儿?

外面，伊恩想。

我绝对不会去任何没有你的地方，伊恩。别这么想了。还不如一起踢踢墙。

伊恩同意。

“他们在踢呢。”玛格丽特说，“喂，快过来感受一下！”

伊恩很快就累了，不得不停止踢墙。然后简也不想一个人踢下去了。

7

八月份的时候，玛格丽特觉得一辈子也没这么热过。她觉得自己跟太阳一般热。

事实上她觉得自己就是太阳。不，她觉得自己像个星球。不，像宇宙。玛格丽特赋予了自己一个宇宙。她源源不断地供给着生命力。她就是上帝。而且她不是古希腊或罗马时代众多神祇中微不足道的一个。她是唯一的上帝。

在她的整个生命里，她从来没觉得上帝如此完整，如此统一。

上帝觉得衣服太热太束缚，像一个滑稽可笑的伪装，所以喜欢裸体。

确实，那些曾经遇到过的事和人似乎全都这个样，都没有任何意义。

8

我不想这么无礼，但这里真的相当挤，简想。我们可能很快就必须去别的地方了。

你觉得外面的世界是什么样的？伊恩问。

简挺乐观的：这个嘛，我知道外面有音乐，有我们的妈妈，她感觉还挺不错的。然后当然了，还有你。我其实还挺想出去的。

你一点也不害怕？

我为什么要害怕？

这个嘛，简，外面可能什么都有，什么都会发生。万一所有东西都跟妈妈一样大怎么办？而这里温暖，食物充足，谈话愉快，而且——

简大笑了起来。伊恩，外面的世界会很精彩的，我保证。

伊恩最多只能谨慎地保持乐观。

与此同时，外面的世界轻声细语:“快了；快了；快了；快，快，快，快，快了。”所有人都能听见外面世界这重复不止的声音，它最终变成一串令人信服的呢呢喃喃，连伊恩都听到了。

9

时机终于来临，但是伊恩还没准备好。

很高兴遇到你，伊恩想。尽管我遇到的不只是你，但只有你陪在我身边。

为什么你说得好像我们要分开了？简问。

我真高兴我们在一起共度了这么多时光，伊恩回答。

别说傻话！别吓我！

简，我之前只是不想提这件事。我想都不敢想，因为我怕你会知道。不过你看，我的肺根本没长好。

所以呢?

嗯，看起来一个外面世界的人终究是需要这样的东西。而且你注意到了吗，我还是非常非常小。

你小又怎么样！也许你只是需要多一些时间来长大？简开始

感到绝望。

我想我没有时间了，简。

简开始用尽全力踢墙。“他不能呼吸！”她尖叫，但是没人听得见她的声音，即使能听见也没人能理解她。

伊恩，我不想去任何没有你的地方。

我会尽力，简，可我觉得我可能做不到。

不许这么想！

我一直在这么想。

怎么可能？什么时候？我知道你的一切想法。

在我身体里一个连你也不知道的地方，我一直在这么想。我想大多数人是孤零零地来到这个世界的，无人相伴，简。你知道吗，我们能做双胞胎实在是太幸运了。我知道我们对其他的事一无所知，所以很难明白还可能会有别的情形。我们很有可能会像其他人一样在外面相遇。在外面，我们也可能会错过彼此。我们可能会遇见别人，把我俩拆散。我们可能太早或太迟或——

伊恩，伊恩，伊恩，伊恩。哦，伊恩！

这些日子太幸福了，不是吗，简？我想这就是所谓的幸福吧。

简从来没听说过这个词，但她知道他是对的。

在玛格丽特·汤的身体里，简也曾经幸福过一段时间。

一个纸上的男人

1

玛格丽特和我刚结婚时，大家都好奇我们是怎么认识的。有两个版本：一个是短的，是每逢鸡尾酒会她喜欢讲的；另一个是长的，也是真实的版本。

简，那个长的版本我已经跟你讲过。下面就说说你妈妈的浓缩版吧。她会面带狡黠的微笑，跟别人说：“其实也是老套的情节啦。他是我的老师，你想不到吧。他是我哲学必修课的老师。摆在我面前的有两个选择：要么跟他睡一觉，要么挂科肄业。当时我想，跟他睡一觉似乎更划算。”玛格丽特的故事总能博得听众会心一笑。但我总觉得，这样的情节有些轻佻，令我难堪。

人们似乎都认为，夫妇之间相遇的方式至关重要，而我更感兴趣的是他们是如何分手的。结局通常比开端更有韵味。可惜人们只痴迷故事的开场，即便它们千篇一律。不过是：“朋友介绍我们认识的”“起初我们互相看不顺眼”“我对他一见钟情”，或者“我们当初只是朋友”。

我想，这其实也是人们之所以对此津津乐道的原因。正因情节相同，人们才爱听——在别人的故事里回味自己的往昔。

分手的情节也大抵雷同。“我爱上别人了”“某天早晨一觉醒来，突然发现自己不爱他了”，或者“她死了”“他死了”，以及以上情节的各种组合。

2

婚礼后第一天，我们飞往巴厘岛度蜜月。

飞机上，我又做了一个千头万绪、不祥的梦，我常常做这样可怕的梦。我把它也记在我的“梦境日记”里了：

> 玛吉是用木头做的，身体可以从中间打开。她是个俄罗斯套娃。（我记得人们也管那叫嵌套玩偶。）在玛吉身体里面，有很多个玛吉娃娃，一个比一个小。其中几个，我认得出来，她们来自玛格丽特小镇，但更多的是陌生的娃娃。成千上百个玛吉。我一层层打开娃娃们的身体，却始终触不到其核心。

[简，莫非拥有一本“梦境日记”这个行为本身在某种程度上

会导致做些意味深长的梦吗？]

蜜月第一个清晨醒来，我发现身边躺着的竟是个中年妇女。

“你他妈是谁啊？”我惊叫道。

中年妇女温吞地翻了个身，张开肥腻的眼皮看了我一眼。“好累呀。”中年妇女说，“既然你起来了，可以帮我倒杯咖啡吗？”

我全身乏力，况且时差还没倒过来，所以你能理解的吧，我没有马上认出那是玛琪。

我回了玛琪一个僵硬的笑容，然后起身去冲咖啡。等我返回床边，玛琪已经变回玛吉，但伤害已成定局：我知道，她随时都会变成玛琪。

“刚刚有什么不对劲吗？”玛吉问。

我摇了摇头。

这当然绝非玛琪的最后一次现身。在我们的婚姻生活里，大多数早晨醒来时，她都是玛琪。

3

真正的亲密关系，意味着将发现对方平日里不为他人所知的一面。即便你有时不愿看到这些。真正的亲密关系，是她剃去的唇须，是她胸罩的真实尺码，是她屁股上的疖子，是她漂染头发的颜料。

结婚第六个月，我发现玛吉的红头发并不是“天生”的。一天早晨，我在卫生间撞见她正用沾了苹果红染料的刷子刷头发。卫生间的台面上放着一个染料空盒，中暖棕色，色号180。

“我还以为你的红头发是天生的。”我说。

“嗯，不是的。”

“哦，”我说，“那染料颜色看起来很红。确定这是你要的颜色吗？”

“洗过颜色就淡了。”她回答。

“你确定？”

“要知道，我以前就是这么干的。”她说，“再给我二十二分钟，好吗？”她温柔地把我推出门外。

从那以后，我再也没有提起过她的染发剂。

我想，我早该对此心生怀疑。仅有不到百分之二的人群“天生”长着红头发。更该死的是，她的阴毛从来都是棕色的。只能说，有些时候，我们看到一些端倪，却故意选择视而不见。

不过，在接下来的婚姻生活里，我将此幕场景深锁于心，从不触及。

4

结婚两周年后不久的一天，玛格丽特扛着一个硕大的长方形包裹回来，包裹外面包着塑料纸。

“那是什么？”我问她。

“是个招牌。”她说。她把包裹放在餐桌上拆开。果真是块招牌——一块相当大的老式招牌，上面装着内壁厚重的玻璃日光灯，排成一个个字样。很多灯泡已经开裂，或者完全破碎。招牌上写着：“玛格丽特小镇电影院”。“玛”和“镇”字的灯泡已经彻底剥落不见了。

“你喜欢它吗？”她问。

“你打算拿它怎么办？”

她耸耸肩。“还不知道，但这么好的东西，扔掉太可惜了。佐治亚州的一个收集遗物的家伙送给我的。这块招牌来自亚拉巴马州玛格丽特的一家旧电影院，电影院已经被拆掉了。”她扬起一个奇异而神秘的笑容，“你以前知道亚拉巴马州有个玛格丽特吗？”

“不知道。”

“我打算请电工来看一下。或许他能修好，让它正常使用。”

“修好之后呢？”我问。

“它就能正常工作了呀。”

“上帝呀，玛格丽特，我们家没用的破烂还不够多吗？”

“你就是这么看的吗？”

“是的。”我顿了顿，“不是——”

她打断了我的话。“你难道丝毫不明白为什么这个招牌对我来说与众不同?”

我叹了口气。“这个招牌凑巧是你的名字，但它又脏又旧还坏掉了。你难道还不了解自己吗，你会把它放在某个地方，接着就忘得一干二净，而它会因此变得更脏更旧更破。”

“去你的。”她清脆响亮且不无得意地说。她说完就搬起那块破旧不堪的招牌走开了。

5

在真正离开我之前，玛格丽特已远离了我数月。打包好的行李箱？台面上的钥匙？那都是后话了。

我确信她在外偷情的那天晚上，她回家时穿了两只不一样的鞋子。一只高跟的乐福鞋，是她的，另一只是别人的平底鞋，我猜是玛格丽特出轨对象的情人的。她看起来满是愧疚，性感妖娆地穿着一双不成对的鞋站在那里。我从没对她产生过如此强烈的欲望。

我估摸着在真正出轨之前，玛格丽特已经筹划了好几个月了。她整天挂着特别的笑容，我知道那笑容不是因为我。她眼里的笑意神秘而遥远。一次，我知道她看到我和L一起在餐厅用餐。我看到她了，但她不知道我看到她了。她看到了我却假装没有看到我。那天我没告诉她我约了L一起吃饭，而她也绝口不提看到了我。女人只有在对你毫无感情的情况下，才会对你和前任未婚妻秘密进餐视若无睹。

我只见过玛格丽特的情人一次。在玛格丽特为推广艺术品商店举办的鸡尾酒会上见到的。我一眼就认出了他。并非因为他的行为，而恰恰相反，是她对他的所作所为出卖了他：一个意味深长的笑（持续太久、音调太高），她对他倾注的特别的关注，特定的姿势，别样的专注。要知道，我再清楚不过坠入爱河的玛格丽特是何模样。

她的情人比我老，头发比我还少。不过我承认，他确实比我高一点点。见过他的第二天，我给L打了电话，我们约好在她公寓见面。

问题不在于为什么看到玛格丽特的情人后，我有了跟L做爱的需求（原因应该一目了然）；真正的问题是为什么L对我听之任之。

“为什么你允许我这样对你？”完事后我问她。

“你对我坏透了，我知道，”她说，“我再明白不过自己应该将你抛在脑后，再也不见你，再也不和你说话。我知道我没有一点……怎么说？自尊？”

“尊严？”我说。

她哈哈大笑起来。“好吧，我本来不打算讲得这么严重的，不过，尊严很确切。”她摇了摇头，“尊严，我的上帝呀。至少现在我知道你是怎么看我的了。”

“哦，L！”我抗议道。

“我想，我爱你，你不爱我也没什么太大关系。我会自取所需。”她世事洞明地笑了，“你明白吗，我多希望自己从来没爱上你，但事与愿违。爱上你是世上最为水到渠成的事情。对我来说，像是被一段木头绊了一跤。绊倒一次，便次次绊倒。”

“玛格丽特爱上别人了。”

“我知道，”L说，“否则你怎么会来我这儿？”

“你一点儿不介意？”

“我当然介意，可我束手无策，”L下床，开始梳理她浅金色长发，“我可以给她打个电话，如果你想要的话，”L说，“我可以打电话给她，把她大骂一通。”她把头发扎成了一条马尾辫。

“我一直很喜欢你那样把头发扎起来。”我说。

“如果我打电话给她，跟她大吵大闹，可能她以后再也不让你来见我了，甚至朋友也做不成了。”

“这对我有什么帮助？”我问。

“亲爱的，这不是为了你，”她说，“是为了我。”她用那一贯忧伤而漠然的蓝色眼睛看着我。“多希望你有个兄弟，我便可以爱他。哪怕是鳏居的父亲或堂兄弟也行。一个跟你相像的人，我可以把对你的爱，转移到他身上。但我不能再爱你了。就是不能爱了。我也不想再爱上任何人。”

“哦，L，不要这么夸张。命中注定，你一定会有新的恋情。”

“命中注定？这样的说法很可怕。”

“命中注定，是厄运，是好运。只不过是你看待的角度问题。”

“如果玛格丽特离开你，你就不会这样说了。”她狠狠地还了一句。

“那到时候你一定记得提醒我。”

究竟为何我要跟L上床？当然因为我有欲望想跟她上床。还因为我自认为有资格这样做，既然以前我们做过无数次爱。这就像开车路过你的童年旧居——心里涌起强烈的冲动，想要停车看看现在的住户把原来的沙发摆在了哪里。

不过最主要的原因，跟L无关。我想我只是要给玛格丽特一个离开我的理由。我想知道，如果给了她这个理由，她会利用吗？

她用了，简。她离开了我，这样跟你说吧，她看上去如释重负。

幽会后一个星期，如我所料，L给玛格丽特打了电话。

“我跟你丈夫上床了。”L说。

玛格丽特笑了。“嗯，”她说，“他可是曾经差点儿就成了你的丈夫。我想你以前也跟他上过床。所以说到底，我们要讨论的只不过是时间先后的问题。”玛格丽特把电话递给我。“找你的。”

我接过电话。“你好，”我说，但是L早就挂了电话，“她不见了。”我指的是她们两个人都不见了。

第二天，我在客厅看到玛格丽特和五个不成一套的行李箱。我想象这一刻已经许久，所以这一幕变得似曾相识。

“你目前打算怎么办？”我问她。

“我自然要做回玛格丽特·汤。”她说。

“L在我心里一点分量也没有——”

她打断我说:“听起来可真糟糕。”

“跟她上床，是为了报复你。”

她大笑:“显然，这让事情愈发有趣。”

“你怎么会爱上他？他比我老。还比我胖。”

“正是跟你不同，才有意义。”

“他有老婆。他不爱你。”

“我知道。”她耸耸肩，“我天赋异禀，总能爱上不合适的男人。”她递给我一张浸了水的皱巴巴的淡粉色纸张。“我要说的都在这上面了。我一直说我真正想说的话都是落到字面上的。”

我接过纸，一片空白。“上面什么也没有。”

她看着那页纸。“哦，大概是钢笔没墨水了。我没注意到，我是摸着黑写的。你可以对着灯光看，或许能看得到笔迹。”

“要知道，我们可以再找一支笔。”

“再也找不到像这支这样的了。就是那支钢笔，我床垫下的那支。”她解释道。

“你一直留着那支笔？”

“我是个多愁善感的人。这张纸也是来自我的捧花。你还记得吧？”

“当然。一清二楚。”我说。

“我想实际上这张纸应该来自最上面的那朵花。我把其余的花都扔进碎纸机了。”

“印证了我的观点：纸花未必比鲜花长久。”

“印证了我的观点：以麻线为基础的婚姻就跟以货真价实的珠宝为基础的婚姻一样，会轻而易举地分崩离析。”她打趣说。

“你老是抓着这点不放。”我说。

“没门儿。”

“那天早晨我不是在向你求婚，你明白的。我只是在提醒自己，在不远的将来，可能会考虑向你求婚。”

“真浪漫。”她说，“我们应该用便利贴发布我们的订婚通告。”

“玛格丽特·汤的父母亲可能会高兴，也可能不高兴，如果宣布她将订婚时用——”

“你过来。”她说。

“我们还能做朋友吗？”我主动提出。不是个明智的做法，但至少我尽力了。

“等我安顿下来，我会告诉你地址的。”她答应我说。她撒谎了，简；我跟你说，她撒谎了。

接着我们做了一场爱，后来她就走了。

她离开几个月后，我突然想到，假如她们没有全都合体为一个玛格丽特的话，那么至少还能留下一个陪我。到那时，我会跟其中的任何一个和谐相处。就算是玛琪也行啊。

6

现如今，你知道我将命不久矣。等你读到这些时，我已经死了。不知为何，人们似乎很乐意打探别人的死因。我认为，这并没什么意义——一个人命不久矣，他就是命不久矣；一个人死了，那他就是死了。到最后，尘归尘，土归土。

不过，以防你好奇，我要告诉你为什么我会命不久矣。这听起来可能有些荒唐，我感染了臭名昭著的塔希提岛柑橘病毒，是一种不可治愈的、潜伏期很长的、罕见的脑膜炎。

你妈妈离开一个月后，我踏上旅程，满世界去找她。她答应过要给我电话号码，但是因为某种只有她自己知道的原因，她没有。

我揣着一部分继承来的遗产，乘坐“SS同名”号轮船环游世界。我找遍了每个地方，却一无所获。[简——如果一个人想让自己消失，她会消失得无影无踪。]

去塔希提的路上，船沉了。我是唯一的生还者。所有的救生艇都被戳了洞，一个我们都不认识的患有躁郁症的海军大副，一直以来都用救生艇壁熄灭烟头。大船翻沉后，我幸运地抓住了从船舱漂出来的单人加长床垫。

我在这张加长的单人床垫上漂流了三个星期，只有生鱼和塔希提柠檬能填填肚子。那柠檬是致命的。但如果不吃塔希提柠檬，我可能会死于坏血症，或者饿死。而吃了它，我就感染了不可治愈的罕见脑膜炎。回头看来，死亡是非此即彼、迟早到来的事情。可是啊，简，谢天谢地是现在，如果是当时，你我就绝无可能像现在这样熟悉了。

在“SS加长”号（这是我给床垫起的名字）上的三周，我不断梦到你的妈妈，梦里仿佛她就在眼前。不知道为什么，但我那本可笑的圣诞礼物“梦境日记”竟然也在船上，大概我注定摆脱不了它了。[题外话：有比别人的日记更枯燥的东西吗？有比听别人絮叨自己梦境更乏味的事情吗？记录梦境的日记是不是人类发明的最无趣的文体？]这是我“梦境日记”里的话：

玛格丽特是个巨人。有一整个地球那么大。她自身就是一颗行星。而且，她比以前更像玛格丽特。她是我所见过的最像玛格丽特的玛格丽特。我想，我要跟她做爱，可是我太小了。我完全嵌进了她的身体。借由她两腿间的沟壑，我爬进了她的身体。在里面，我发现了一个男孩和一个女孩。他们看起来很面熟。两人都穿着校服，衣着整洁。女孩问我："我叫什么名字？"正要回答时，梦醒了。

后来回想这个梦，我觉得梦的重点根本不是玛格丽特。而是你，简。

这个夏天你远在海伍德夏令营。这是你离家的第一个夏天。你姑妈贝丝和我讨论过送你去夏令营的决定时，我们争论了很久。我认为你应该去夏令营，因为最好不要让你目睹爸爸日渐萎靡衰弱的样子。贝丝则认为，你不应该去，应该让你多陪在我身边，日后你会感恩这些跟我一起度过的日子。

三周前你和我说了再见。你悲伤得不能自已。好在，对于一个九岁的小姑娘来说，悲伤不会持续太久。就在上周，你给我寄来了明信片：

亲爱的爸爸：

夏令营没我想得那么糟。饭食也超乎预料。我们用各样的绳子编手链，还能骑马。我不明白为什么骑个马他们就那么激动。那就是匹马而已嘛。他们还常常唱歌。为什么所有人都唱得不亦乐乎？篝火晚会上，我不得不和一个皮肤上出了怪异疹子的女生手拉手。不过，除了这些，夏令营还是精彩的。她说我不会被传染上疹子的，她当然会这样说了，不是吗？

想你。

爱你的，简

我也想你。想到不能呼吸。

我的心情反反复复。有时候，我真想在你回来之前结束自己的性命。有时候，我又自私起来，盼着能见到你。我思忖了这两种情境：没一个是完美的。

死亡令人作呕、厌恶，而且毫无意义。我已经沦为专门吃饭—拉屎—睡觉的作坊，生产不出半点有用的东西。万幸，你不会看到我最糟糕的一面（我指的是生而为人最羞愧的事情，比如便盆、梦遗以及狂热的幻想）。对你来说，我只是一个存在于纸上的男人，整洁清净、白纸黑字。我没写到的地方，你自然也看不到。

为了满足你的好奇心，我还是写下关于死亡最糟糕的五个方面吧。

1.人们会堂而皇之地闯入你的房间，打断你正在读的书或其他事情。我亲爱的，不到咽气那一刻，你都得过非人一般的生活。

2.死亡都墨守成规，简直他妈的无聊透顶。我整天泡在肥皂剧里。人们说肥皂剧不真实，但事实上，肥皂剧就是现实生活的写照。比如，肥皂剧和现实生活里的人，都会在同样的错误面前犯傻无数次。另一方面，肥皂剧的角色常常能起死回生，这一点是现实生活当中不会，至少不经常会发生的。

3.死是很疼的。（向旁人描述你的痛苦是毫无意义、枯燥乏味，且很不礼貌的。）

4.周围的每个人（“活着的人”）都变成幽灵一般的存在，你虽活着却跟死了一般。还有，你没法甩掉自己求生的愿望。这是最恼人的。

5.整日躺在床上，却没有性生活。

另外，今早醒来，我感觉好多了。一定是我的死期将至了。

7

玛格丽特曾经说过:“抵达玛格丽特小镇的最佳方式是尽力让自己迷路。”

让自己迷路，说来容易，做起来难。你的心智总会狡诈地折返回固定模式，它想方设法让你找到正确的路。每遇到一座标志性建筑，就没法挪步了，朝前也不是，退后也不是。回答“是”或者“不是”都是两难。所有的“是”和“不是”平分秋色，相互抵消。通常，最后你总是又回到了起点。

为此，我强迫自己相信，转错几个弯恰恰是为让自己迷路，但无论如何我都未能再找到玛格丽特·汤。过了一阵子，我不再寻找了。从塔希提岛回来时我瘦了三十磅，然后开始努力适应没有她的生活。

应该说，是我停止了主动的寻找。但在地铁里，我观察路过的一双双鞋子。一个尖细的黑色鞋头足以让我的心脏停跳。在查尔斯街上，我被一条红色的马尾辫吸引，差点被出租车撞到。走近仔细看，才发现辫子的颜色是庸俗伪劣的番茄红，就像瓶里的番茄酱一样。

“亲爱的，”马尾辫女孩说话了，“你不认识我了吗？”

是L。“哦，天哪，你的头发！”

“喜欢吗？”她问。

“竟然是红色的！”

“很高兴你喜欢它。如果你讨厌，我会疯掉的。”

“你究竟为什么要染头发呢？”我问。

“哦，我也不知道。只是想做点改变。”她拉起我的手。“最近你怎么样？”

“我……”我究竟怎么样？“我很好。”

“真高兴听你这么说。我要结婚了。”说着，她抬起了手。手指上戴着多年前我和她一起买的那枚戒指。

“L，”我说，“不会还是那同一枚戒指吧？”

“不，亲爱的，确切地说，不是同一枚。可我一直喜欢这种切割样式的钻石。我们虽然分手了，但这并不意味着我对珠宝的品味也要变化。”她笑了起来。

“谢天谢地。就像你对男人的口味一样。”

“你会喜欢他的，”她信誓旦旦地说，“他很像你，唯一的不同是，他是真的爱我。”她看着我。“你从来都不发表意见。很久以前，你这样会令我有点受伤。”

“抱歉，L。”

“她怎么样？”L问。

“她离开我了。”

“我其实知道。也不知道为什么我要明知故问。”L慢慢点点头。“对不起，不该提起这件事。鉴于现在我这么幸福，我为曾经可能给你们带去的哪怕一星半点的伤害表示抱歉。”

“不是因为你。是她想离开我。你不过是恰好给了她一个离开我的理由。她或许应该给你寄张圣诞贺卡表示谢意才对。”

L笑了起来。“她的确寄了。”

“上面写了什么？”我问。

“这事情太傻了，我扔掉了。没拆开就扔掉了。”

我的心脏跳得飞快起来。“L，贺卡上的邮戳是哪里的？”

“邮戳？”L斜睨着她蓝色的大眼睛，“邮戳是……不记得了。怎么啦？这很重要吗？”

“不，也没什么。”

“去年夏天，我的朋友在温亚德的一次聚会中看到过她。不过，他其实也不能确定那就是她。或许只是一个跟她相像的——”

我打断了她：“祝贺你，L。告诉我你们在哪里登记结婚，我要送你一只纯银铸的勺子什么的。”

她点点头。“我预料到今天会碰到你。每次走在这条街上，都会想起你。我强迫自己不去想你，但好像从来没有成功过。”

我摇摇头。“恭喜你。真心的。”

“看到你这么悲伤，我应该高兴才对。”

“我不悲伤。”

“看到你悲伤我应该高兴才对。可我没有。你能告诉我这是为什么吗？”

“我不能，L。对你来说，我就是个浑蛋。”

她拥抱了我。她的胳膊比以前粗了。“我不再爱你了，”她在我耳畔低语，“真的，不爱了。”

“我很欣慰。”

“而且你还讨厌我的头发！”

“我喜欢你的头发，”我撒了个谎，“它跟你很相配。”关于这一点，我这次说的是真话。

进门几小时后，L依旧坐在我家的台阶上。她在哭泣；我也不清楚为什么。我正在考虑要不要返身出门安慰L时，我的姐姐贝丝来了，按惯例她每周都会来家里吃正餐、做忏悔。她只见过L一次，却一见面就拥抱了她。善良的老贝丝。总能助人于危难中。[虽然她只是你的姑妈，我觉得她值得你依靠，简——贝丝比你的亲生父母都可靠。]

凭借着L提供的渺茫线索，我无法自已地决定到温亚德去寻找玛格丽特。我拨通了查号台电话，并没有抱多大希望。然而天哪，我竟然查到了她的信息：斯托纳姆路75号#1契尔马克，玛格丽特·汤。拨号后无人接听，因此我决定开车跑一趟。

斯托纳姆路75号，一幢古旧的维多利亚建筑，有弧形门廊，是整条街上最破落的房屋。该建筑被分割成三套公寓，每层楼一套。

我按了门铃。一位妩媚的中年女士应了门。她浓密的黑发扎成一个圆髻，尽管天气寒冷，她只穿了一件黑色紧身衣和一条五彩斑斓的纱笼裙，还有玛吉以前常穿的木底鞋。她似乎正等着我来。

“我找玛格丽特·汤。”我说。

“我是。”她说。

“哦，你叫玛格丽特·汤？”

“是。”她又说。

“你看起来不像玛格丽特·汤。”我失望地跟她说。

“大家都叫我丽塔，汤是我丈夫的姓，”她笑了，“我现在单身，但没改姓。已经习惯玛格丽特·汤这个名字了，明白吗？”

我点点头。

“打小我就不喜欢婚前的姓氏，奥楚努埃维。太多音节了。”

“丽塔·奥楚努埃维。确实如此。”

“对了，”她说，“想看看我的作品吗？”

虽然不知道是什么样的作品，我还是点点头，跟她走进家里。此刻我的心情跌落谷底，回到车上只能徒增伤悲。

丽塔的客厅里有一百个左右色彩鲜艳的雪茄盒，盒面是各样的立体图景和抽象拼贴画。像极了小孩子向学校提交的立体微观模型，不过更精细、更漂亮。一个烟盒上，身穿蓝色裙子的洋娃娃坐在贝壳上。有一个盒面上缀着摇摇欲坠的钟面塔，塔的上方悬浮着一个礼帽式的结婚蛋糕。再看另一个，纸糊的人，几只红色的纸鸟儿从他的心脏飞出。还有一个，两具骷髅骨架牵着手，在圆球上翩翩起舞。小场景如此丰富，我很难全部将其纳入眼中。我暂时忘却了丧亲之痛，忘却了再次与“真正的”玛格丽特擦肩而过。

“这些是什么？”我问。

“Cajitas[①]。小盒子的意思。”

“它们都很好看。”

“谢谢你。还是小姑娘时，我就开始做这些东西了。我的一生都在这些盒子里。每个盒子都诠释着我生命中不同的时光。”

① 西班牙语。

她说。

我指着那个心脏处飞出鸟儿的纸人问:“他有什么故事吗?”

“啊，没错，我亲爱的小鸟人。他离开了我，我相信他一辈子都在后悔这个决定。”她笑着说，“盒子的价钱从一百五十到——”

我打断了她:“这些是你要卖出去的?”

“我想这么做，但正逢市场淡季，卖出去并不容易。”她大笑起来，又戛然而止，“难道这不是你来我这里的原因?”

我止住质疑，决定说谎。“我是说，你怎么能舍得跟它们中的任何一个分离呢?它们可代表着你生命的每个篇章呀。”

她笑了笑:“哦，顺其自然吧。习惯了就容易多了。”

“我想带走这个鸟人。”

“三百五十美元。”她说。

“好，没问题。”

她从架子上取下模型，用报纸包好。“不敢说我会想念它，但也不代表说我不会想念它。”

我点点头。

“如果我说它的价钱是一千美元呢?”她问。

“照付。”

走出斯托纳姆路75号，我注意到门前挂着一个手写的牌子：丽塔的盒子。如你所知，简，这不是我第一次忽略身边的招牌了。

驾车返回途中，我想到这世界上除了我的玛格丽特·汤以外，还有千千万万个其他的玛格丽特·汤：棕色头发的玛格丽特·汤们；棕色皮肤的玛格丽特·汤们；棕色眼睛的玛格丽特·汤们；年老的、年轻的、善良的、卑劣的玛格丽特·汤们；老师玛格丽特·汤、银行家玛格丽特·汤、律师玛格丽特·汤、家庭主妇玛格丽特·汤。

纷至沓来的玛格丽特们让我生不如死。

8

她离开我的日子里，我体会到心有信仰、笃信上帝的感觉。每晚上床前我都要在心里念一遍“我爱这个女人”，每个早晨醒来也会这样做：我爱这个女人。每个清晨醒来知道自己还爱着同一个人，这本身就是一种坚定的信仰。这是一种意愿。清晨醒来，相信自己的一切都将安稳持久，这就是信仰的意义。

即便她永远都不回到我的身边，我也知道自己会一直爱她。尽管很哀伤，但不得不说，只有分离才能让我们真正学会如何去爱。

9

以下是整个故事里最为离奇的情节：她回到了我身边，简。

“你变了。”她说。

我承认。

“我记得你的头没这么大，个子没这么高。”

我摇了摇那变大的脑袋。

“我记得你和我一样高，现在却不是了。大概因为我以前的鞋跟比现在的高？我想就是这样吧。那时大家都穿鞋跟很高的鞋。”

“是你在缩水。”

“别这么说！”她大笑起来，闭上了眼睛，“说真的，你跟我记忆中的样子完全不一样了！”

“我一直在找你，”我说，“但怎么都找不到。”

"或者可以说，你不知道去哪里找我。"

"你到哪里去了？"我把她的头紧紧拢在双手里，盯着她的眼睛。"你到哪里去了？"

"真有那么重要吗？"她问，"现在我就在你眼前。我们之后一定有时间再说这些伤心事。"

"玛格丽特。"我刚开口，接着就发生了件奇怪的事。我径直在门廊里坐下，哭了起来。

"别哭了，"她说，"我想介绍你认识个人。"玛格丽特朝台阶下招招手，那里坐着一个小小的人儿，是一个不到三岁的女孩。

"是梅吗？"我问。乍看起来她比梅年纪小，不过随着年龄渐长，你眼中的孩子会显得越发年幼。又会有很多玛格丽特·汤出现吗？

"梅是谁？"玛格丽特好奇地看着我，"这是简。"

确实，坐在台阶上的女孩并没有玛格丽特标志性的红发。她是金棕色头发。"简？"我重复道。

听到自己的名字，你开心地笑了，抬头朝我看来。我哽咽着无法说话，只能挥了挥手。

"给孩子取名为'简'，是十分明智之举，你不觉得吗？"玛格丽特问我。

"当然了，"我赞同，"是我母亲的名字。你知道的？"

“知道，”玛格丽特回答，“你的一点一滴，我都记得很清楚。”

“有些事情，宁愿你忘记才好。”

“你告诉我都有哪些事情，我努力服从你的意愿。”

“如果我告诉你是哪些，你又该全部都记起来了。”

玛格丽特拉起我的手，领我走下台阶。

你主动跟我握了手，简，非常拘谨，十分礼貌，就像跟一位叔叔或者商业伙伴握手。我凝视着你的眼眸，觉得那就是我自己的眼睛。哦，简。你是否也有同样的感受，时光荒芜，我们全力以赴经历的一切，都是为了自家台阶上这一刻的到来?

那天，你比我更主动出色地掌控着局面。你向我介绍了你自己，接着我向你介绍了我自己。你问应该怎么称呼我，喊我的名字，还是叫爸爸。

我们一点儿都没有提及那三年里玛格丽特去了哪儿，她经历了什么事情。我们也从没讨论过她为什么要回来。虽然我想了解这些，但后面那些日子里我变得更成熟、更理智了。我对她的爱胜过了自己的好奇心。为了她，我愿意背负这段光阴的空缺。

10

[严格说来，回到我身边的这位女士和离开我的那个，很不一样。从物理学角度讲，新的玛格丽特的屁股和胸部更加肥大，上腹部有条剖腹产留下的疤痕，大概是因你而生的。她可能不是玛琪，但再也不是玛吉了。从心理学角度讲，那些变化甚至更微妙，难以精确捕捉。

回顾过去，我有一套为什么玛格丽特会回来的理论。我认为，她感到身体当中的玛琪、老玛格丽特，特别是格蕾塔在她身体里闹闹嚷嚷，喷薄欲出，争先恐后要控制她。

因此，我认为她不是为了我才回来的。如果不是为了你，可能我再也见不到她。她将永远消失下去。她是为了你才回来的；为了把你送到我身边，简。]

11

十几年美好的时光里，我失去了一个又一个玛格丽特，然而到目前为止，失去最后一个玛格丽特是最糟糕的。

失去心爱的人，不只是失去那个人，而是失去你无法想象的更多东西。我可以应对失去网球球友、一起吃饭的饭友、我的性感女神。我唯独无法面对的，是那么多小小的玛格丽特如流水般一齐离我而去，有些玛格丽特我甚至向来懒得仔细观察：只穿了袜子查收邮件的玛格丽特、坐在餐桌前吃没有洗过的葡萄的玛格丽特、脸上蒙着书睡着的玛格丽特、把橡胶套鞋丢在门前的玛格丽特、写了长长的书信却不忍寄出的玛格丽特。[爱就在于这些细节，简；若非如此，随便找个两条腿的人过日子就可以了。]

失去似乎无止无休。就在我觉得不会再失去她的时候，又会发现以另一种方式再次失去她。

在贝丝和我还是孩子时，我们邻居家进了强盗。我们两个好奇不懂事的孩子便跑去问邻居家的主妇，都丢了什么呀？她回答："我现在还说不清楚。东西只有在要用时，才会发现它不在了。"

这正是最后一个玛格丽特离去后，我的感受。

玛格丽特去世前六个月，她渐渐显出了岁月侵蚀的痕迹。并非她样貌老去，而是一些极细微的小事透露出来的，不熟悉的人根本体会不到：爬楼梯时她得倚靠着我；她晚上睡觉时间越来越早；她的胃口越来越差；她不看书了；她一遍又一遍重复着同样的故事。

我想送玛格丽特看医生，甚至心理医生，但她并不感兴趣。

"有什么意义？"她问。

意义就是你要死了，我心想。

"所以我要死了？掐指算算，我已经活得够久了，我已经做好离开的准备了。只要不把过多注意力放在死亡上，死亡没什么大不了。"

"你还不老，"我说，"或许还可以做点什么。"

玛格丽特笑了："或许，只有在你眼里我还年轻！上周我们去食品杂货店，收银台的女孩以为你是我儿子！"

"你胡说。"

"你只是没有看到真实的我。倒不是说你以前看到过。"玛格丽特笑了。“我的老天哪，经过这么多年，你一定是真的爱我。”

我摇摇头。“我当然爱你，M。所以我想送你去看医生。”

“没用的，你知道的。我老了。一天比一天更老。这就是人生啊。”

后来，我突然意识到她能读懂我的心思了。只有老玛格丽特在她迟暮之际才有此番本领。

12

玛格丽特去世前一个月的一天，我发现她站在卫生间镜子前，手里拿着我的剃刀正对着她的手腕。我夺过刀片。

“我觉得这样更轻松，”她说，“在变得更糟糕前了结自己。”

“不会变糟的。”我安慰她。

“对不起，我成了现在这个样子。”她向我道歉，“你遇到我时，你以为我只是一个普通的二十五岁的姑娘。”

“我从不觉得你普通。”我说。

“对不起。”她又说了一遍，“我辜负了你的期望，是吗？”

“玛吉，我亲爱的姑娘，不要抱歉。期望是虚空的，谁也不能预料将来会发生什么。你要明白，对于我来说，世界上有这么多人，你对我而言却是唯一的。”

“因为你不认识世间别的人。”她说。

“我不需要。我知道。”我回答。“还有，我是个容易心生厌倦的人，但你总能令我的生活生动有趣。日复一日，我永远都不知道你会变成哪一个你。”

“我也不知道。”

“总而言之，在我眼里，你就是完美的。你既是我灵魂的伴侣，又是我肉体的依赖。”

“你太抬举我了。”她笑了，“以后跟简要多说我的好，好吗？”

我点点头。

“如果需要，编一些我的好话给简听。”

我再次点头。

“你打算怎么说我们的故事？”她问我。

“我还不知道。”

“告诉我开头也行。”

我想了一会儿。“不知道。”

“开头简单呀，”她说，“你甚至可以用‘很久很久以前’开头，像童话故事那样。”

“很久很久以前，”我开始讲，“很久很久以前，我是个迷失自我的人。”

“不要。这太悲伤了。这是说给孩子听的，N。”

“很久很久以前，我和一个叫玛格丽特·汤的女人住在玛格丽特小镇。”我耸耸肩，“恐怕这样也不太好。”

“我喜欢这个。”她说，“非常喜欢。”

我摇摇头。“没那么好。”

“现在我可以安心走了。”她微笑着说。

一个月后，她离我而去。

她去世时，可以说她八十七岁，可以说她三十五岁，全凭你怎么计算。

她的死因，可以说是因为衰老，可以说是因为太过年轻，全凭你怎么考量。

当然了，这个故事还有其他的版本。（无论什么总有其他版本。）这个版本和上一个只在一两个小细节处不同。但最主要的区别在于开头，当我走进浴室时：玛格丽特已经割腕自杀了，十二个小时后我才发现她，她躺在地板上，已经没有了生命。

这个版本里，玛格丽特同样写了一张纸条。上面写了我以对话形式跟你讲过的很多事情。

第二个版本是你姑妈贝丝可能会告诉你的版本。我强烈建议你忽略掉她的故事。我告诉你，你的妈妈是年老而终，简。

在我生病期间，贝丝照顾我。我们经常谈起你，这些谈话让我觉得自己比以前更加苍老。断断续续的，我告诉她一点我的写作计划，但她认为我时间有限，应该花在更实际的事情上。我想她所谓更实际的事情，是列遗嘱、清理遗物、品茶休息。此处我要补充一句，我认为自己的写作计划是极其实际的事情。在我看来，女儿应该对自己的父母有所了解。

“玛格丽特是个有血有肉的凡间女子，”贝丝说，“一个非常有趣的女人，是的。但到最后，也只是肉体凡身。让简的脑袋填满这些虚构的故事，对她无益，也毫无意义。

“玛格丽特是个有血有肉的凡间女子，”她说，“只是她不擅长过现实的生活。”每当贝丝要佐证自己的观点时，总会重复自己的话。

“关于玛格丽特，你打算怎样告诉简？”

“她爸爸深爱她的妈妈，而她妈妈自杀了。”

“这听上去糟透了，贝丝，”我对她说，“根本不适合小孩子听。简还是个小女孩，不该承受这样的事情。”

因此，如果你问贝丝姑妈，她可能会告诉你这个乏味的悲剧故事：一位长期抑郁的母亲自杀了，父亲还得了绝症。千万不要理会她的故事。姑妈贝丝虽出于好意，但我告诉你，这是一套谎话。她知道的是二手信息。她不在现场，因此不知情。在大多数事情上，你应该听贝丝姑妈的话，但还有一些，你要做好准备忽略她的一面之词。

想到这一点，我不无担心你跟姑妈一起生活会时常乏味。

但在这些的背后，在她宽臀的背后，贝丝是位伟大的女性。你一定还记得，她和我从小生活在阴郁的环境下，养大我们的男人尽管讨厌孩子，但在如何教养孩子方面观念严谨。

因此我要向你道歉，简。对不起，为我这残败的身体，为你将来在贝丝姑妈家里可能被过度严厉管束的（或乏味无奇的）时光。你要记住，在宇宙的某个角落，有一个愚笨至极的男人会在天上——也或者是地狱——一直关注着你。不论你做什么，这个愚笨至极的男人都会认为精彩无限、本该如此，并且毫无怨言。

13

我去世前的那个星期，对贝丝说:“我在考虑回玛格丽特小镇。”

“玛格丽特死了。”贝丝耐心地回答。

“不是人。是地方。”我告诉她。我压低了声音。“玛格丽特小镇。是一个单词，后面没有字母‘e’。”

“根本没有玛格丽特小镇这个地方。”贝丝分毫不让地说。

“当然有，”我说，“我在那儿待过一整个夏天。那里住着许多不同的玛格丽特，贝丝，她们年龄不同，但都有一头红发。你知道吗，我的玛吉不只有一个，而是有六个。”

贝丝哈哈大笑。“总算明白你的意思了。如果你够用心，就能发现我身体中有个伊丽莎白小镇。哦，是的，我可爱的小弟弟，你平凡的姐姐、朝夕相处的贝丝，身体里还住着十个贝丝呢。我的乳名叫伊丽莎白，不过没人这样喊我。我长成小女孩时，你大概记得，我是莉齐。少女时，我是莉瑟。上大学后，我又是比，这个我前后存在了二十多年。其间，我自信满满的时候，我就成了伊莱扎。每当我懦弱自卑，我又成了贝思。我厌恶那样的自己。当然，对于我的弟弟来说，我一直是那个平凡普通的老贝丝。”

“这些只是名字的区别！玛格丽特真的是很多个女人。”

“所有的女人都有多个自我！恐怕你对女人的了解太少了。”

“哦，不要说了，贝丝！”

“我们每个人都是一座小镇，N。年龄越大，镇上的人就越多。有人说，人是一成不变，我完全不同意。在漫长的生命岁月里，人们可能会发生巨大的改变。女性的变化更甚于男性。也许是因为女性需要经历各种各样的生理变化——月经、怀孕、更年期。多数女人身体里至少住着三个女人。”贝丝说。

“我想她，”我说，“我太想她了，想到大脑疼痛。”

“那只是癌细胞在跟你对话。”她说。

“这算是——”我顿了一下，“一个笑话？”

“是的。”她说，“糟糕的冷笑话，恐怕是这样。”

“你的幽默感总是那么糟糕。”我说。

我那一本正经的贝丝姐姐哈哈大笑起来，笑到流泪。她这样笑的时候，像个小孩子。这让我想起了六岁的贝丝。她有一个黄色的小悠悠球。这个愚蠢的悠悠球是她的心头之爱，她常常目不转睛盯着它，看它上下弹跳。她甚至不懂得任何玩悠悠球的技巧，似乎也没兴趣去学。一天我割断了悠悠球的绳子，又重新系上，想跟她开个玩笑。等她发现我做了什么之后，她伤心极了。她站在原地一动不动地看着本来可以上蹿下跳的悠悠球。为这件事，她哭了一个星期，怎么安慰都没用。多么善良的老贝丝。

“L今天要来看你。”贝丝说。

“她是来道别的。”

“哦，大概吧，”她说，“人们，还有他们假惺惺的再见。”

“L是个善良的人。”我对贝丝说。

“的确是。”她同意。

“她取消了婚礼，你知道吗？”

“知道。我是说，之前就知道，”贝丝说，“那差不多是七年前的事情了，N。”

“所有的事情都交织在一起了。你认为她为什么取消了婚礼？”

贝丝摇摇头：“我不知道，”她在房间里来回忙碌，“这些窗户该擦了。要喝杯茶吗？你要的话，家里没有牛奶了。店里的低脂牛奶也断货了。”

多么善良的老贝丝。我的兄弟般的双胞胎姐姐，跟我分享过同一个子宫的姐姐，你果真认为我对你和我第一个未婚妻之间发生的事情一无所知吗？你果真认为我已经如此神志不清了？如果你恋爱了，希望你告诉我。我会为你感到高兴，贝丝。我会他妈的非常高兴，我会该死地为你开心到不能自已。你知道吗？贝丝，你看到这些了吗？你还像小时候那样在偷看我的日记吗？

我们从来不交流任何重要的话题。我们的谈话总是围绕着窗户、牛奶的价格。其余的全靠想象。

“你说说，贝丝，”我问，“你觉得我可以让L给我口交吗？你知道，看在过去的情分上？”

贝丝从门后探出头，眯缝着眼看着我。“不，我基本确信她不会。”她说。

我朝贝丝眨眨眼，她皱起眉头。“不会。”她重复道。

“你爱她，就说出来吧，贝丝。说出来又怎样。我想听你说出来。”

“对你来说这很重要吗，为什么？”

“在我死之前，我想知道你会幸福快乐，这理由充足吗？闭眼前我想看到你光明正大地爱她。你怎么就说不出来你爱她呢？”

就在这时，L，我甜美善良的L，走进房间。“她爱我，”L说着，在贝丝脸颊上亲了一口，“虽然她还没有向我表白，但这不代表我体会不到她的真情。”

14

“虽然她还没有向我表白，但这不代表我体会不到她的真情。”我被你姑妈大声朗读的声音吵醒。

“嗨，那是写给简的。”我说。

贝丝说:“最后这部分感动得我都要落泪了。我是说，尽管全是一派胡言乱语，当然，除了这最后一部分。”

“当然。”

她说:“爱情故事本该如此。”

“是的。”

“如果不是因为你这个臭狗屎一样的可恶负心汉，我永远不会遇到L。”

“这当然也是看问题的一种方式。”我说。

“你知道你的故事还可以怎样改进吗？”她问，“你可以把它与著名的历史事件联系起来。你可以把故事设置在战争之类的背景里。一个女人爱上了一个男人。这个男人不爱那个女人，因此那个女人便爱上了男人的双胞胎姐姐。那故事就话题十足，充满政治性。”

“但这也是关于我和玛格丽特还有简的故事，你要明白。”

“当然，你也可以保留这部分内容呀。只要设定故事发生在战争中即可，只是换个叙事角度而已。否则，这只是一个男性和女性试图融洽相处却以失败告终的故事。战争这一背景非常有意义且重要。”

“但那段时间没有战争。”我提醒她。

“世界上每时每刻总有战争发生，”她坚持道，“我知道了！可以设定在战后，比如深受战争创伤的某个小村庄。”她建议道。

“上帝呀，贝丝，别再提战争了！战争跟我和玛格丽特没有半点关系。它从没发生过。”

“没发生就没发生过呗！”她说。“你什么时候开始在意起这个了？”

15

你也许会问，从地理上来说，玛格丽特小镇处于何方。年轻时，我一度认为它在纽约州北部马尔伯勒和纽堡之间的某个地方（她是这么告诉我的）。实际上，它的地理位置比这灵活得多，边界也变换多端。随便问一位技艺精湛的地图绘制师，他会告诉你，地点看似永久不变，但实际上它们却远非我们想象的那般恒久固定。

因此，简，如果你需要一张通往玛格丽特小镇的地图，我会通过这些文字给你指引。它是一位笨拙绘图师的不完美作品，但应该能为你指出大致方向。

16

生命行至终点时（确实也是我的现状），人总觉得必须把自己毕生所学分享出来。但是，简，把它都写下后，我才意识到自己的经验少得可怜。我意识到自己根本不了解你的母亲，就连自己也陌生起来。现在，我对你的认识也仅止于一个穿格呢短裙、扎两条金棕色辫子的小女孩。（你也许会好奇自己的头发颜色遗传自哪里，那是遗传自我，我小时候头发就是这个颜色。）

我希望我能告诉你要永远追随自己的内心，但我觉得这不是个好建议。你当然有独属自己的内心，这确定无疑，但你还有大脑，还有灵魂。我开始相信，我们不仅仅用心灵去爱，还要用大脑去爱。真爱不仅是一种本能，更是一种意志。它远不只是生理的反应、眼神的交汇和心跳的加速。

一夫一妻无疑是高尚的，简。即便你只是有这样的意愿，那也是高尚的。你的余生都将和同一个人一起入眠、一道迎接清晨，即便你渴望离开却还是留在这个人身边——这些才是爱的体现。

如果我把爱诠释得令人沮丧，那也不是我的本意。爱，不论何种形式（浪漫的、柏拉图式的、自私的、婚姻的、家族的等等），都是让人愉悦的，全身心、无保留的愉悦。

所以这就是我对你的期望。

有一天，你也不知道是为什么，你会开车沿着一条路走下去，然后一天，你也不知道是为什么，你会拐错方向。路的尽头，在你最绝望的时候，他（她）会在那里等你。

还有哦，简，我幸运的女孩，这个人将成为你的城池。在他那里，你会找到商店、餐馆、歌剧院和棒球队。也许还有监狱，还有医院。你活下去需要的一切都系在这个男人身上，哦，到那时，你就是所有简里最本真的简。

一旦找到这个地方，这个奇妙的地方，你便再也不愿离开了。那就泊好你的车，简，留下来。这座城池将成为你的家。当然，不像你从前生活的那个家。它将是所有家里最像家的家。

这座城池里有爱。这座城池也有哀伤。在这座城池里还将有富裕、贫穷、善良、龌龊、疾病和健康等等太阳底下存在的一切。这是地球上最伟大的一座城池，简。对你来说，如果走运的话，它将成为你在地球上的唯一一座城池。它将成为你新生的地方，也将是你死去的地方，以及承载生死之间发生的所有事情的地方。

过去八年里，我一直非常仔细地观察着你。你妈妈像你这么大时，早已分裂成两个玛格丽特。而你，我的甜心，在这方面一点不像你母亲，但却遗传了她的所有优点。别担心，你没有被诅咒。你将成长为一个快乐、独立、完整的人，当然你的内心里也有一座容纳了各种各样的简的城池。

年复一年，也许你不会一成不变。这再正常不过了。生命旅途中，一个简可以蕴含、裂变成很多个简。过去八年里，花样百出的简已经让我数不胜数。请拥抱你的迭代反复；她们没有一个会延续长久，就像你姑妈贝丝所说，大多数女人身体里藏着很多个自己。

我要死了，简。这个世界每一天都在变得更加绚丽多彩。

我只有四十六岁，相对你的年龄似乎很老了，但总有一天（而且比你预料的快），你会发现，四十六岁仍很年轻。

我只活到四十六岁，听来有些悲伤，但不幸中却有万幸。

在你身上，我找到了永恒；在你身上，我会重生。

附:

现在时间不多了，简。很快，我就要回玛格丽特小镇了。等我到了那里，我会给你写最后一封信。以明信片的形式。一张明信片，让你知道我已安全抵达。明信片上可能没有足够的地方给我签名（毕竟明信片很小），只要看到“玛格丽特小镇”的邮戳，你就明白是我寄来的了。以防万一明信片没有送达，我先把明信片上要写的话写在这里:

亲爱的简:

你母亲的名字是玛格丽特·玛丽·汤。她19××年出生于纽约州奥尔巴尼。我们在大学相遇，尔后马上步入婚姻。你六岁时，她自杀了（用药丸和剃刀结束了自己的生命）——我也不十分确定为什么——大概那天的她是格蕾塔?

还有，我亲爱的，我告诉你关于她的每件事都是非常、非常真实的。

给你我所有的爱

若你翻过卡片，反面是玛格丽特小镇招牌的图片，只是招牌上终于有人补上了残缺的“玛”和“镇”字。是我添上的，简，怕你猜不到我还是告诉你吧，我想做这件事情已经很久了。现在这个招牌上写着:“欢迎来到玛格丽特小镇”，下面写着“人口，02”。

现在，这座简的城池

1

简是哇哇哭着出生的，出生之后的六个月里，她都一刻不停地哭着。通常来说，婴儿都是哭哭啼啼的，但没人见过哪个婴儿像简这样能哭。

简并不是个可爱的新生儿。她拖着鼻涕，小眼睛和鼻子都红彤彤的，脸也圆肿肿的。护士将简从育婴房转移到一个单独的房间。她们觉得简那不绝于耳的凄惨哭声吓到了别的婴儿。

简并未注意到自己被挪了位置。她专心沉浸于自己的悲伤之中，无暇解读他人毫无规律的行为。

大约到了第五个月，简突然忘记了她到底为什么要哭。接着在第六个月，她终于完全不哭了，大家都因此如释重负。

尽管她才六个月大，简却也为自己竟记不得为什么要哭而感到荒谬。于是简便开始笑个不停。

2

简六岁的时候，她母亲去世。从所有外在迹象来看，简对母亲的死毫无所动。为她母亲守灵那个早上，她还在忙着重新摆放她布娃娃屋里的家具。

简听觉特别灵敏，听到她的贝丝姑妈低声对她父亲说："她一下都没哭。她不懂玛格丽特已经死了。这个年纪，小孩子还不太明白死亡的概念。这也是好事啊。"

贝丝姑妈错了。简完全明白死亡的概念，贝丝姑妈竟然以为她对母亲的死无动于衷，这让她十分受伤。在简看来，重新摆放她的布娃娃屋里的摆设就是她表达悲伤的方式，这对所有人应该都是一目了然的。她把妈妈娃娃（这是一个由爸爸、妈妈、儿子和女儿组成的小家庭）和所有属于妈妈娃娃的东西都挪到了布娃娃屋的阁楼里。简想不通，为什么人们会觉得掉眼泪比重新摆放布娃娃屋里的家具更能表现悲伤呢？

简感觉受了莫大的委屈，哇哇哭了起来。

“哦，听听，”贝丝姑妈说，“她开始明白了。”

3

简八岁的时候，她确信自己亡母的灵魂进入了家猫加托的体内。这一信念的主要依据是加托身上的毛和母亲的头发是一个颜色的。

简曾经长时间地与加托对话——内容主要围绕一个曾是母亲的人类变成了一只猫以后是怎样的感觉。进行这些讨论时，加托只顾着舔自己的爪子，一声不吭。简认为这份沉默是因为它智慧高深，且对她所说的莫不赞同。

就在简确信加托是自己母亲之后的第三个月，她患了严重的荨麻疹。

简被带去看医生，医生说简实际上对猫过敏，长时间与加托接触可能激发了她原先潜伏的过敏体质。除非简愿意吃药，否则加托就得被带走。

简请求父亲留下加托。“这等于把妈妈赶走！”简叫道。

“那只猫不是你母亲。”简的父亲说。

“你怎么知道？”简反驳道。“她们的毛发是一个颜色的！”

“如果这就是你唯一的证据，”父亲说，“那你得知道，你母亲的红头发并不是天生的。”

“你这么说，只是为了让我丢掉加托。”简固执地说。

“简，我看见过她染发。”

“但或许她只是把白头发染回红色而已。”简不依不饶。

然后，她父亲认输了。他厌倦了争吵，况且除非使用残酷手段，否则你没法让一个八岁的孩子相信，她母亲的红头发不是天生的。

4

简十一岁的时候，她父亲去世；简来到亚利桑那州的凤凰城，跟贝丝姑妈和和她的“朋友”莉比同住。贝丝姑妈让简管莉比叫“莉比姑妈”，尽管莉比实际上并不是简的姑妈。后来，简猜想，莉比姑妈可能不仅仅是贝丝姑妈的“朋友”那么简单。

“当然，我会叫她莉比姑妈。”简对贝丝姑妈说，“就像我叫你贝丝姑妈，但你也不是我的亲姑妈。”

“什么意思？”贝丝姑妈问。

“血缘关系上的。”

“什么意思？”贝丝姑妈又问了一遍。

“爸爸说你不是我‘血缘关系上的’姑妈。”

贝丝姑妈翻了个白眼，虽然她非常讨厌别人做这个表情，自己却常常这样。“你爸说了好多事呢，不是吗？我向你保证，我就是你的姑妈而且一直都是，也就是说，我是你父亲血缘关系上的姐姐。”贝丝姑妈摇了摇头。

“要是这能让你好受点，”简又说，“他还说了你是她‘最喜欢的姐姐’。”

“哦，上帝啊，我是他唯一的姐姐啊。”这时贝丝姑妈哭了起来，因为她真的很想念她的小弟弟，即使他在她眼里满是缺点。她把简拥入她肥硕的、如枕头般的臂膀中。“你长得很像他，”贝丝姑妈说，“我和他是双胞胎（我们家族里有很多双胞胎），但你长得比我当年更像他。”

简点点头。

“他是我的小弟弟，简。你无法想象失去小弟弟的那种感觉。”

“等等！”简从贝丝姑妈怀中挣脱开来，“我想你刚才说你们是双胞胎。”

“我比他早生三小时零三分，但不知怎么的，总感觉我不止比他大那么点儿。”

简眯起眼睛。“如果，如你所说，你真的是我血缘关系上的姑妈——”

“简，我就是啊！”

“如果，”简又说了一遍，“那爸爸为什么要骗我呢？”

“哦，谁知道呢？他肯定有自己的理由吧。最后那段日子，他是靠很多药物维持的，但即使在那以前，他对是否全讲真话也始终保留着一定的灵活度。”

“你是说我父亲是个骗子吗？”

“大多数父母或多或少都算是吧，”贝丝说，“自我们有记忆以来，我们就知道父母是会骗我们的。他们这样做或许是为了保护我们，或许是出于某种自以为是的善意。”

“所以大多数父母都是——”简顿了顿，“善良的骗子咯？”

贝丝叹了口气。“我永远不会对你撒谎的。”

“我怎么知道你现在没在撒谎？”

“我永远不会对你撒谎是因为我不是你的父母。我是你姑妈，姑妈是不会骗你的。试试吧，随便问我什么。”

简思考片刻，问道：“你和莉比姑妈到底是什么关系？”

“我们……”贝丝姑妈欲言又止。尽管她在大多数话题上都直言不讳，但对于自己是女同性恋这件事却始终有点避讳；尽管她努力使自己接受，但依然总是将这一倾向视为个人的道德缺陷。所以贝丝姑妈从来没有说过自己是女同性恋，纵然确实如此。不过此刻，她不想上来就对简撒谎。“我们是伴侣。”贝丝姑妈最终说道。

“你是说女同性恋吗？”简问道。

“哦，如果你一定要说得这么直白的话，我想是的。”

“说得直白有什么不好？”简问。

“直白点儿是好事，简，但也不要太直白。”贝丝姑妈这样说道。

5

简十三岁的时候，学校作业要求她写一篇关于家人的作文。虽然简可以写她两位姑妈中的任意一位，她还是选择了写自己的父亲，尽管说实话，她对他的记忆已经开始模糊。根据作业要求，简需要采访这位家人和熟悉他的人。她不是很想向贝丝姑妈问起父亲的事——贝丝很可能会失声痛哭——于是简编出了以下这篇作文，里面的事或是她早已忘记，或是压根儿就不知道。

我的父亲

没人知道我父亲是哪里人，因为他出生在一艘船上。如果你出生在一艘船上，你实际上就是出生在水中。父亲的出生证明上写着他的出生地：大西洋。

父亲有个双胞胎姐姐，名叫伊丽莎白。我们家族里有很多双胞胎——我有一个双胞胎哥哥叫伊恩。伊恩没在我们学校上学，因为伊恩是个天才，不用上学。

父亲曾经参加过奥林匹克羽毛球比赛，但他刚好是第四名，所以没拿到奖牌。他在比赛中代表的是美国队，但他其实可以选择任何一个国家，因为他出生于大西洋。

父亲与母亲结婚之前，伤过许多女人的心。他长得很帅（难以考证此话真假，因为要客观地说自己父亲帅不帅是不可能的），有时候还挺有趣的。我想肯定是这一点吸引了女人们，但我同样说不准。

我小时候不是和爸爸住在一起的，因为母亲在生他的气。母亲之所以生他的气，是因为他曾经是个职业间谍。他善于干间谍这行，因为他实际不属于任何地方，而且擅长运动。他答应母亲放弃做间谍，于是母亲重新接纳了他。但他没法永远不再做间谍，现在他又重操旧业了。可现在我父母不在一起了，对此我只想说这么多。

爸爸一生中好几次死里逃生。（因为他的职业和其他倒霉的事情。）他有两次差点迷失在海上。现在他很老了，头发灰白，还有一只假眼。

简得了B-。老师给她的评语是:“简，这篇作文应当是真实的。此外，你的书法水平也在标准线以下。”

简愤愤地向两位姑妈抱怨分数太低，远低于她平时的作文得分。“我写的是不是真实的，又有什么关系呢?”简不明白。

“我觉得，”贝丝姑妈说，“如果你要编，也要编得更加合情合理一些。”

“况且，她以前从来没说过我的字写得差。”

“我觉得，”莉比姑妈好心地说道，“以后你应该把作文打出来。打印出来的文字，看上去更真实些。”

第二天，贝丝改变了想法，她决定打电话给老师，对她撒谎。“格隆逊夫人，”她说，“我向你保证，简写的全部都是真的。她唯一没有提到的是她父亲已经死了。我认为基于她的情况，有所隐瞒也实属无奈。”

格隆逊夫人听后于心不忍，遂将简的成绩改成了B+。

6

简十五岁的时候，失去了童贞。她发觉这事儿实在太不值一提了。最让她失望的是她竟然没有流血。没流血的话，身为处女还有什么意义呢?

那次完事后，他的CD播放器里放着《别再想了，没事的》这首歌。简觉得歌词不知所云，却有种淡淡的慰藉力量。和声部分快要结束时，简认定自己并未失去童贞。她会等待机会，在第二次时“来真的”。

7

简十六岁的时候，她再一次失去童贞，这回是和一个名叫伊恩的男孩。

他们完事后，她对他说："小时候，我有个想象中的朋友名叫伊恩。"

"嗯，挺好。"伊恩说。

"我还曾经假装他是我的双胞胎哥哥。"

"那可真怪。"伊恩说。

因为简一直特别喜欢伊恩这个名字，她忍不住怀疑自己和他在一起是不是就因为他叫伊恩。

第二次跟头一次相比并没有太大不同，于是简决定这就是她最后一次失去童贞。

关于这第二次"初夜"，简只告诉了莉比姑妈一人，姑妈知道她所有的秘密。（她觉得和这位与自己没有血缘关系的姑妈讨论事情比较轻松。）简告诉姑妈，她担心像自己这样二度失去童贞，是不道德的事。莉比姑妈抚摸着简的头发，告诉她不要担心。“亲爱的，”莉比姑妈说，“有些时候，就是需要尝试两次才能把一件事做好。”

8

简十八岁的时候，她去了东部一所很好的大学。

大学第一年，简过着跟其他女孩一样的生活。她或多或少地上着课，或多或少地增重了十五磅；她加入俱乐部，出现在与大家的合照上；她买书，甚至还读了一些。

大学第二年，她开始昏睡不醒。一开始没人注意到，简自己更是没放在心上。但三个月过去了，她就这样不知不觉地睡掉了大部分时间。

室友们很担心她，怀疑她是不是得了腺热病[①]。简倒还希望自己真得了腺热病，这样她好歹有个理由。可事实是，简只是想睡觉。

① 又称传染性单核白细胞增多症，患者会有虚弱犯困等症状。

简也不想就这样把所有的课都睡过去。她会把闹钟设在上课前十五分钟，然而每次响了以后她又会直接按下继续睡的按钮，一睡就睡到开始上课后十五分钟。这时候，她便会放弃抵抗，干脆关掉闹钟，直到下一节课开始，而她也同样不会去上。

开学第一天，一位有些无趣的系主任给他们作过一场演讲，谈的是每一堂课的花费。假设你一学期修四门课，每一节一小时的课的平均花费就是四百美元。这个数字让简有点内疚，却又不无窃喜——大学的课算是她睡过的最值钱的觉了。

9

简二十岁的时候，她写了一篇短篇小说，参加U大学文学杂志的年度短篇小说比赛。一等奖的奖品是一支顶端有面小钟的钢笔和一台寝室用的小电冰箱；二等奖的奖品是一块烫衣板；三等奖的奖品是一块芝士；优胜奖则是每人发一块小一点的芝士。当时，在该文学杂志（名为“Sic”）的办公室里围绕是否只给一等奖发一支带钟钢笔有过一场激烈讨论（“这是最有文学味道的奖品，”杂志的娱乐部联合主席说，“而且是最典雅的！”）。于是他们打算将寝室用的小电冰箱颁给二等奖选手。然而，字体部主管认为，寝室用的小电冰箱毕竟是最贵的奖品，所以还是应该留给一等奖选手。最终，字体部主管与娱乐部的联合主席不得不通过拇指大战[①]和瞪眼比赛一决胜负，事情这样才定了下来。整

① 一种二人游戏。两人各自伸出右手，手心贴手心，四指相扣并弯曲。各自的大拇指可以自由地左右上下活动，看谁把对方的大拇指摁在下方。

个过程所耗费的时间，正好是他们确定本次短篇小说比赛获奖选手所用时间的四倍。

简没有得奖，甚至连优胜奖都没份。她的小说也确实不怎么样。是那种最不值一文的作品，不加掩饰地描述了贝丝姑妈与莉比姑妈之间的关系，风格上模仿的是雷蒙德·卡佛。出于唯有她本人知晓的原因，简把这篇小说寄给了贝丝姑妈。一周后，她收到了姑妈写来的八页纸的回信。信里写的主要是对她作品中语法错误的纠正。考虑到自己的小说只有十一页长，简觉得贝丝姑妈的回复未免有点详尽过头了。信的开头这样写道：

亲爱的简：

第一页的第二段你写道："与莉齐姑妈做完爱，贝思姑妈总是感觉糟糕。"当然了，贝思姑妈感觉很糟。（尽管你可以进行想象发挥，我还是对你用的"糟糕"一词不得其解，因为它太泛泛了。我忍不住会想，"贝思姑妈如何感觉糟糕？贝思姑妈为何感觉糟糕？"凑巧的是，你的贝丝姑妈在和莉比姑妈做完爱后从来没有感觉糟糕过。）

第一页的第三段你写道……

信的余下部分也都大致如此。但贝丝姑妈也有提到，简的莉比姑妈“很喜欢这篇小说”。这封信件标志着简成为短篇小说家的远大前程就此终结。

一周后，贝丝姑妈又寄来第二封信，这次还有一个包裹。“直至生命尽头，你的父亲都多少觉得自己是个作家，”贝丝写道，“尽管他写的东西恐怕从来都是没头没脑的。”包裹里面尽是各种鸡尾酒巾、活页纸、便利贴、明信片、卡片纸、笔记本、火柴纸板、问候卡片、传单、文件夹，甚至还有超声波检查单。简的父亲就在这些“纸”上，断断续续写下了类似于简的母亲生平的东西。“我觉得应该把这个给你，”贝丝最后写道，“因为他是写给你的，而且你已经长大，可以按照自己的意愿来处理它了。”

父亲的这部“作品”零碎分散，令简很难找到正确的阅读顺序。她竭尽所能想要理出个条理，却还是时不时地需要倒回去重新读过。她还发现父亲的文风挺对自己的胃口。（尽管需要指出的是，简当时正痴迷于雷蒙德·卡佛。）

在简终于磕磕绊绊地读完了这些文件后，她打了个对方付费电话给贝丝姑妈。“这些都是真的吗？”简问姑妈。

“我不知道，”贝丝回答，“有些是真的。”

“那么，是哪些呢？”

“我想问题没这么简单，”贝丝沉默了一会儿后说，“我觉得你父亲在玛格丽特生前一直拼命想要弄懂她。我觉得他不想让你总活在一个悲剧故事的阴影中，一辈子都在心里告诉自己，‘我母亲忧伤抑郁。我母亲是自杀的，’甚至认为她的行为会以某种方式反射到你身上。我觉得，某种意义上，他写这些是试图去解释她，主要是为了你，但同时也是为他自己。”

简和贝丝姑妈不约而同发出一声叹息。

“其实吧，”贝丝姑妈继续说，“我从来都没能真正理解他想要创作什么，但我知道他很爱你。”说完这句老掉牙的话，贝丝姑妈像是抱歉似的耸了耸肩膀，尽管简在电话那头是看不到的。

“那么我母亲死的时候不是八十七岁吧？”简问道。

“玛格丽特在许多方面都是个不同寻常的女人，但她终究只是个女人，简。”

“但当时究竟发生了什么？”

“这只是个故事而已，简。一个求偶故事。所有情侣都有这种故事，然后这些故事会和其他故事杂糅在一起，又添枝加叶，于是故事本身便拥有了自己的生命。过了一阵之后，故事里的事究竟有没有发生过，已经不再重要了。在一遍又一遍的讲述与复述当中，这些故事不知不觉就成为了我们自己的人生。”说到这里贝丝停住了，她想起了遇到莉比的那一天。她们是在简父亲在城里的房子外面偶遇的，当时莉比正要嫁给另外一个人。她俩是偶然遇见的，贝丝这样想时，只觉一阵寒意袭身。她俩有可能相遇，也可能遇不上，而不管怎样，宇宙仍是永恒如斯。

电话打到一半，莉比姑妈插进来，拿起另一台电话要打给别人，她已经开始拨号了。

“莉比，我在打电话呢。”贝丝姑妈抗议。

“哦，不好意思。和谁呢？”莉比问。

“简。”

“简！简！你怎么不告诉我你在给简打电话呢？我早该拿起来听的。最近怎样，亲爱的？”

“挺好的。”简答道。

“我俩真的很喜欢你的短篇小说。”

“谢谢，”简说，“但我觉得其实写得不怎么样。”

“快告诉我。里面的莉齐姑妈说的是不是我啊？”莉比姑妈不怀好意地问。

“我，呃——”简不知该说什么。每次她的两个姑妈同时在电话那头和她讲话时，她总会不知所措。

“莉比，我们是在谈正事。”贝丝姑妈说。

“那可别因为我而停下。”莉比姑妈说。

简可以听到贝丝姑妈在电话那头叹了口气。“就像我说的——”

“就说一句，”莉比姑妈打断她，“简，亲爱的，三周后贝丝和我要来你这儿过‘低年级学生家长的周末’。我想要知道去年我们住的那家很可爱的民宿旅馆的名字。”

“哦，莉比姑妈，你不会真的还想住在那个可怕的地方吧？”简问道。

“我很喜欢啊。旅馆女主人像洋娃娃一样漂亮。我们有跟你说过她养了威尔士柯基狗吗？”

接下来谈话再没有回到简的母亲或她父亲写的东西上来。某种意义上，这样也挺好的。不管怎么说，那些都是陈年旧事了，余下的时间里她们谈论的都是更为紧迫的事情，比如民宿旅馆与普通酒店相比有哪些优势，比如简是否摄入了足够的蛋白质。

那天晚上，简整理着父亲的那些短时收藏物时，突然想到，这个包裹里唯一实实在在地证明她母亲的存在的东西，就是那张鸡尾酒餐巾，上面留了个电话号码，还潦草地写着“紧急时拨打”这几个字。她推测这是她母亲的笔迹，尽管事实上，她只知道这不是她父亲的笔迹。她很想知道母亲在紧急时会给谁打电话（如果她真的会给任何人打电话的话）。简拨下那个电话号码，幸好恰巧是U大学当地的号码。（她已经几个月没交话费了，所以现在没法打长途电话。）

接电话的是个男人。“Beth El犹太教堂。我是利维拉比。”

简笑了，但并不完全知道自己为什么要笑。或许是因为她母亲在紧急时竟然会想到去犹太教堂（据简所知，母亲并非犹太教徒）？

“喂。”利维拉比再度开口。

简又笑了起来。她正要挂断电话，拉比却用异常温和的语气说道:“需要帮助吗？”过了一秒又说，“你是遇上麻烦了吗？”

“我想没有，”简答道，“只是拨错号码了。”

“你确定？”拉比问道。

简再次笑了。“是这样，我在——”不知道为什么，她在这里撒了谎，“一位去世的朋友的遗物里翻到了这个号码。但这个号码是她很久以前留的了，所以我想可能已经变了。再说，我的朋友也不是犹太教徒。”

“我偶尔确实会收到非犹太教徒打来的电话，”拉比打趣地说，“或许你朋友和我有私交呢，”他提出，“这位朋友叫什么名字？”

“玛格丽特·扬。”

拉比没有作声。

“不过，或许你知道的是她少女时代的名字，那时她姓汤。”

“玛格丽特·汤。”拉比说道。

“嗯。她在工作时用的也是这个名字。你认识她吗？”简问道。

“不，不能算认识。”拉比回答。

“我知道概率很低，”简说，“无论如何，还是要谢谢你。”

“没事。”

简第二次准备挂断电话，这时拉比问她叫什么名字。

“我叫简。”她说。

“简，你为什么不到我办公室来一趟呢？”

“为什么要来？”

“是因为——”拉比顿了顿，“你听上去像是需要找人谈谈。”

犹太教堂位于布鲁克莱恩[①]，离简的宿舍步行仅十五分钟的路程，于是简答应下周二下午去找他。

“是利维拉比吗？”简向一位高个子男人问道。那人有深色的头发，浅色的眼睛，身着一件昂贵考究却异常难看的毛衣。

“是简吗？”拉比问。拉比一看到她，立马知道她在自己与米亚的关系上撒了谎。事实上，她俩长得太像了。

简点了点头。

“大家叫我麦克拉比，或直接叫我麦克。”

他说这话时的样子——让简当即知道他也撒了谎。他看上去很紧张——他们俩握手时，他的掌心都是湿的——很显然，拉比认识简的母亲。

---

① 波士顿郊外的一个居民区。

拉比带简走进他的办公室，里面到处都是裱框的照片，大多是他家人的。简没有坐下来，而是细细地看起了这些照片。

“这些是你的孩子吗？”简问道。

拉比点了点头。

“这是你的妻子？”

拉比又点了点头。

在他书架的最上一层，简注意到一张裱框的黑白照片，上面是一支高中篮球队。她把照片从书架上取下来，以便细细端详。球队前面有个牌子，上面写着“北奥尔巴尼高中少年篮球代表队”。

“你是这个队的吗？”

拉比点了点头。

简把照片放回去，从口袋里掏出那张鸡尾酒巾。她把酒巾放在拉比的桌上。“这是你的笔迹还是她的？”

麦克拉比拿起鸡尾酒巾，手指在上面轻轻掠过。“都有，”他回答，“号码是我写的，那几个字是她加的。”

“她是什么意思，‘紧急时拨打’？”

“我想……”他顿了顿，“很难说，但我想她的意思是她可以信任我。”

“在什么样的事情上信任你呢？”

“我想，在需要人理解她的时候，她会打给我吧，如果这样说得通的话。”

简点了点头。

“她提到过我吗？”拉比问。

“没有。”简回答。

拉比转身面对窗户，背对着简，当他说话时，他的声音是低沉沙哑的，断继续续，近乎耳语。“我那时他妈的真是爱着她啊。在某种意义上，直到现在依然如此。”

简点了点头。

“这一辈子，我都从来没能分清什么是心血来潮，什么又是我应该执著一生的事情，你懂吗？”

简摇了摇头。“不是很懂。”

拉比笑了。“一个十六岁的异教徒，至今仍是一个四十九岁的拉比的梦中情人。这多可悲啊！”

“你的妻子呢？”

“我也爱她。当然了，我也爱她。”

出于一时冲动，简拥抱了拉比。

“如果能再活一次的话，你或许就是我的女儿了。”他说。麦克拉比无数次地想象过，如果能再活一次，他的人生会是什么样。

那天下午，简把关于母亲的那沓文件留在了拉比那儿（既然他认识母亲，简觉得兴许他能够帮助解读这些东西），大约过了两个星期，他将包裹寄还给了简，还附了张字条。

“亲爱的简，”他写道，“我看了你包裹里的‘文件’，觉得有必要告诉你，你父亲完全搞错了。比如，十六岁时她完全不是米亚那样的性格（我之所以说‘性格’，是因为这是你父亲在此生造的说法），她绝不会涂黑色的指甲油。米亚也没有任何艺术上的抱负。一直以来，她都只想成为一位艺术史学家。我之所以提到这个，只是因为你父亲将她罹患抑郁症的起因归结为艺术抱负上的受挫，这是完全没有的事。你可能也知道，大多数专家都认为，抑郁症是由于脑内激素失衡引起的……”这封信写了两页。结尾处，麦克拉比为他的失态向简道歉，让简随时都可以给他打电话。最后他补了句又及，“简，因为我爱你的母亲，所以我也爱你；至于你怎样对待这份感情，则是你的自由。”

简觉得这一切来得有点过于猛烈。尽管她几乎从不抽烟，此时却问室友凯特还有没有几根剩下的那种“好东西”。凯特正好有，于是两个女孩就这样躺在她们共用房间的地板上，飘飘欲仙。

虽然进入了飘飘然的忘我状态，简仍然开始回想起她父亲讲的故事。如果母亲真的是因为一段失败的婚外恋而自杀的（父亲似乎在其中一篇里暗示了这点），那会不会她，简，根本就没有出生过呢？因为仔细想起来，她并不能令自己信服地确定前后事件的日期。假如日期都无法作准，那么简有没有可能并非真的存在，而只是她父亲想象出来的呢？

简试图向凯特表达这一想法。“嘿，凯特，如果我们不是真的存在呢？我们是否只是，比方说，虚构的人？”

凯特咯咯笑着，把大麻递给简。简缓慢地吸入，然后大约过了一个钟头，凯特反问简另一个问题，算是回应了简之前的发问，“但我们本来不就是彼此虚构出来的人吗？我是说，你对我而言仅仅是我所看到的你的样子。”

“看到？”

“感受，或者说。就好像，一切都只是感受。”

简缓慢地点头，思考着凯特的话。

“嘿，简？”凯特打断了她的思绪。

“怎么了？”

“你想吃松饼吗？”

两个女孩走出去找松饼店，然而由于各种各样的原因，最终并未找到。早晨简醒过来，感觉肚子好饿。这种饥饿感使她确信，自己是“真实存在的”人。

10

简二十一岁的时候，她决定修理残破的“玛格丽特小镇电影院”的招牌。大一那年，她已经把招牌从亚利桑那州运了过来，挂在自己的寝室里当摆设。接下来的三年半里，她一直想把招牌修理一下，然而出于这样那样的原因，一直没找到时间。大四那年，简所有的冬季考试都在考试周开始后没多久就结束了。离新学期开学还有两周，她又无事可干，于是决定将这一修理计划的状态由“持续进行”改为“正在进行”。

简自己给招牌重新上了漆，但是还得重新布线，她知道这就需要专业人士帮忙了。

凯特认识工程实验室里一个叫金的男生。凯特觉得金肯定三两下就能修好简的招牌，于是简拖着招牌，穿过校园来到了科学楼。（简读的是历史专业，所以从来没因为什么事来过这里。）

金那天没在实验室（因为单核细胞增多症），但有个姓格拉斯的男生在那里。格拉斯想当个化学工程师，但也很喜欢修理东西，对电路略通一二。他三下五除二就给简的招牌重新装好了电线，甚至还告诉简可以去城里的哪家店买到三十六个复古风格的替换灯泡，好跟她的招牌相配。当简准备付钱给格拉斯时，格拉斯拒绝了。相反，他还主动提出帮简把招牌扛回她的寝室。

他们从实验室走回简寝室的短短的路上，格拉斯发现自己暗自希望，可以有种方式让这段路永远不要结束。他希望自己能和这个女人一直这样走下去。

“你叫什么名字呢？”简问道。

“简克。”他说。

“简？”她问。

“简克，有个‘克’。”

“如果你和我都叫简，那可就奇怪了。”简评论道。

“不是那个‘克’的话，你可能就真的是我了。”简克说。

简顿了顿，扬起一道眉毛，然后笑了起来。简的笑声对于简克如同神谕，尽管他觉得那句话其实并不好笑。他暗自发誓，要想出一连串更有趣、更值得博她一笑的笑话。

“谢谢，但这玩笑其实并不太好笑，”简克说，“我都不太确定自己是想表达什么。”

“啊，但这就是幽默啊。”简甜甜一笑。

简克觉得简真是他遇见过的最酷的女孩。

尽管他第二天早上有门考试，简克还是绕远路走回实验室，这样他就能经过一家五金商店。他假装惊讶地发现自己走到了这家店门前；假装更惊讶于自己竟然走进店里，买了三十六个小灯泡。

第二天下午，当简克·格拉斯出现在简的寝室门口，手里拿着装满三十六个复古灯泡的牛皮纸袋时，简也假装看到他很惊讶。

“我想看看它亮起灯来是什么样子。”简克腼腆地微笑着，盯着自己的双手看。

“你真是个完美主义者。”简说。

“多少算是吧。”

他们进了屋，把灯泡旋到招牌上，再把招牌钉进墙里。简克打开开关，他俩就坐在简的加长单人床垫上，看着修好了的“玛格丽特小镇电影院”的招牌。

“真亮啊。”简说。

“玛格丽特小镇是谁？”过了一会儿，简克问道。

简满腹疑惑地望着他：“真奇怪，你用的竟然是‘谁’。”

“为什么奇怪？”

“大多数人都会问‘哪儿’，但实际上确实是‘谁’。我母亲名叫玛格丽特·汤。她以前开了家商店，专卖各种破损的东西，常有人买回去试图再拼起来。”

那天晚上，简独自躺在她的加长单人床垫上，想着简克。简发觉，人生中最有趣的事，往往发生在你正准备做另一件事的时候。

11

简在二十二岁的时候，决定剪掉头发。剪发前一周，她问了贝丝姑妈这样一个问题:“我和母亲长得像吗？”

贝丝姑妈没有正面回答，只是告诉简，她母亲有着和她一样的长头发，但她母亲的头发是红色的。（跟加托一样，简暗想。）贝丝姑妈接着说，简父亲特别喜欢她母亲的一头红发。不过姑妈还提到，简的母亲的红发是染出来的，所以某种程度上，她父亲发现这点时感觉受到了欺骗。贝丝姑妈不知道简的父亲起初对她母亲的喜欢，多大成分上是因为相信她是红头发的。

就是在这时，简想到一个主意，她要剪掉所有的头发来检验一下简克。如果他因为她改变发型而觉得别扭的话，那他就不是真的爱她。如果他甚至都没有注意到她发型变了的话，他也不是真的爱她。但如果他以支持和理性的态度接受她的新发型的话，那他就是真的爱他。这是很简单的爱情测试。

简克看到简的新发型后，他亲吻她，吻遍了她刚剪完头发的脑袋，然后他们做了爱。简认为他的反应是支持且理性的。

那天晚上他们躺在床上的时候，简作了一个决定：她决定只和简克在一起，不再考虑其他任何人，哪怕是她未曾谋面的人。她猜想，简克就是世上最好的男人。

12

简二十五岁的时候，她嫁给了简克。

当天在教堂里有三场婚礼。简和简克的是第二场，因此他们的婚礼一直要等到下午两点才开始，然后必须在三点半以前全部清场（包括合照时间在内！）。简心想，日程如此紧凑，几乎经不起任何节外生枝的延宕与迟疑。

贝丝姑妈作为简最重要的亲人，本应该是要在教堂挽着简走向圣坛的。然而贝丝姑妈在那年春天参加一次同性恋者的结伴游轮航行时，不幸在林波舞大赛的最后一轮中摔断了腿。一开始，简决定不让任何人代替贝丝姑妈陪她走下教堂过道。但后来她明显感觉到，莉比姑妈尽管不是她血缘关系上的姑妈，却非常愿意临时代替贝丝姑妈。当简终于开口请她陪自己走向圣坛时，莉比姑妈喜极而泣，一个劲儿说着她是多么爱简。看到莉比姑妈如此开心，简也挺高兴的；不过她私下里对简克这样说：“不是这个同性恋姑妈，就是另外一个。我怀疑压根没人会注意到有什么差别。”这是大实话：莉比姑妈和贝丝姑妈长得几乎一模一样；只是其中一个稍微矮胖点，另一个稍微高点；除了最亲近的家人朋友，大多数人都懒得对她俩加以区分。

教堂后部有一间小屋，专供新娘们梳妆打扮。婚礼前，简进去准备时，发现上一场婚礼的新娘还留在那里。

“哦，不好意思。”那位新娘说，“我想我不应该还待在这里的。”

简耸了耸肩：“不着急。反正我也准备得差不多了。”简看着那位新娘收拾物品，突然发现她的婚纱和自己的看上去一模一样。都是本白色，露肩款，A字型，拖地的绸缎长裙。简越是盯着那条裙子看，越是觉得和自己身上这条一模一样。

“其实倒没什么，我只是觉得我们穿的婚纱是同一款的。”简说。

那位新娘往简的婚纱看去。“嘿，我想可能真的是同一款！”她们俩都盯着对方的婚纱看。“事实上，还是很难确定。我越是盯着你的婚纱看，就越是想不起我自己的是什么样子的。”那位新娘说。

为了更好地观察一番，两位新娘并肩拥挤地立于小屋一角的全身镜前。两位新娘细细端详着镜中的另两位新娘，最后得出一致结论，她们确实穿了一样的婚纱。

“真奇怪，”简说，一边还看着镜中映现的两位新娘，“现在这屋子里有四个人穿着同一件婚纱。”

那位新娘笑了起来。这时候，简注意到她和自己长得也颇为相似。和简一样，那位新娘的头发是金棕色的；她还有着和简一样的瓜子脸，以及琥珀色的眼睛。

“我敢打赌，要是你替我走向圣坛，肯定没人会注意到有什么不同，”简说道，“你可以掩护我，做我的替身新娘。”

那位新娘又笑了:“世上所有的新娘看起来多少都有点像，不是吗，简？说到底，我们都只是穿着这些愚蠢白婚纱的愚蠢年轻姑娘们。”

教堂门口的前廊上，光彩照人的莉比姑妈一把挽住简的胳膊。“真是太激动人心了，亲爱的！”莉比姑妈说，“你知道，我订过两次婚，但我从来没结过婚。现在感觉简直就像我自己结婚一样！”

简盯着教堂的木地板，等待着给她的暗示。地板磨损斑驳，陈旧不堪。简忍不住想，上面曾经留下过多少勇敢又愚蠢的人们的脚印，他们都同她一样，义无反顾，孤注一掷。

莉比姑妈柔声在简的耳边说道，“快了！快了！就快了！”整个教堂都回响着她的声音:“快，快，快，快，快了……”管风琴奏起熟悉的音乐。

走向圣坛时，简发现自己不是在想简克，而是想着自己的父母。她记得很久以前，在她还很小的时候，有那么一次，父母办了一场派对（可能是为她父亲的一位亲戚——某位堂兄？或者是叔叔？——举行的一次生日派对）。派对开始时，简上床睡觉的时间已经过去好几个钟头了。简坐在楼梯的最上面，望着下面的盛况——母亲穿了件低领白罩衫，戴着珍珠项链，妩媚迷人；父亲穿着微微起皱的燕尾礼服，看上去有些稚气。他们看起来既熟悉，又陌生，仿佛是两个被雇来扮演她父母的人。夜晚将尽时，客人都走了，母亲脱下全身衣服，只剩下一只脚上的高跟舞鞋，然后她的父母在客厅里做爱。简觉得他们的做爱真是当晚最无聊的部分，于是她很快就倒头睡着了。简小时候（在矫正牙齿之前）睡觉会发出很响的呼噜声。她的父母完事后听到了她的呼噜声，这才发现她没在自己床上。

父母的说话声把简弄醒了。她透过栏杆的间隙往下瞧，但再也看不见两个大人了。

“你觉得她会不会看见整个过程了？”简听到母亲这样问。

“即使看见了，我想她也不懂。”父亲回答道。

接着，简就听到楼梯井上响起的脚步声——有人上来了。一秒钟后，墙上出现了一个人影——这人影究竟是父亲还是母亲，一时还很难说。事实上，她始终都未曾知晓。因为就在那时，简决定逃离人影，奔回自己的卧室。

巧合的是，当简走向圣坛时，她也在考虑采取同样的行动。然而，随着仍在演奏的《婚礼进行曲》，简仍然不能自已地一步一步向前迈着。她突然想到，婚礼上的曲子之所以是进行曲，而不是别的什么——比方说华尔兹——是有其原因的。

走到圣坛时，简觉得仿佛教堂里的所有人都消失不见了，仿佛这世界上只有她和简克两个人，仿佛简克能听见她的所思所想。

简在想，你并不了解我。如果你了解我的全部，那我们的爱情很可能就走到了尽头。

过了一会儿，简克回答她：或许是，也或许不是。

现在还来得及——

不是的，简，他打断她，爱情通常都有尽头，但在它尚未消逝的时候，仍然是值得拥有的。

这是为了安慰我吗?

是的。

有一天我甚至可能恨你，简想道。

但现在还没到那一天，简克回答。至少我希望还没到。

于是简笑了。过会儿到她说话的时候，她知道该说什么了。

致谢

感谢米拉麦克斯图书出色的工作人员：克里斯廷·鲍尔斯、吉尔埃琳·赖利、克莱尔·麦金尼、凯西·施耐德、安德鲁·贝文和卡罗琳·克莱顿。他们尽心尽责地为本书出力。感谢约翰·德尔·高迪奥、卡特·特里、雅尼纳·奥马利和考特尼·巴尔（·尼·恩格尔布雷希特）带来趣闻轶事、建立起彼此间的友谊和完成字体调试。感谢沙纳·凯利、特蕾西·费希尔、尤金妮亚·弗尼斯、安娜·德鲁瓦、斯图尔特·热尔瓦格、伊丽莎白·乌尔苏、伊丽莎白·鲁格和卡罗琳·考伊，他们所做的工作是如此之多，我无法在此一一列举。尤其重要的是，我要感谢我的编辑乔纳森·伯纳姆，他有着宽广包容的心灵；我的代理人乔纳森·佩卡尔斯基和安迪·麦克尼科尔，他们把这本书变成了现实；我还要感谢我的伴侣汉斯·卡诺萨，多年来是他一直努力维系两人间的关系。

图书在版编目（CIP）数据

岛上书店书系：玛格丽特小镇 /（美）泽文(Zevin,G.) 著；李玉瑶译 . -- 南京：江苏凤凰文艺出版社，2016

（读客全球顶级畅销小说文库）

书名原文：MARGARET TOWN

ISBN 978-7-5399-9247-1

Ⅰ . ①岛… Ⅱ . ①泽… ②李… Ⅲ . ①长篇小说—美国—现代 Ⅳ . ① I712.45

中国版本图书馆 CIP 数据核字 (2016) 第 097169 号

图字：10-2016-200 号

书　　名	**岛上书店书系：玛格丽特小镇**
著　　者	（美）泽文 (Zevin,G.)
译　　者	李玉瑶
责任编辑	丁小卉　姚　丽
特邀编辑	朱亦红　杨菊蓉
责任监制	刘　巍　江伟明
策　　划	读客文化
版　　权	读客文化
封面设计	读客文化　021-33608311
出版发行	江苏凤凰文艺出版社
出版社地址	南京市中央路 165 号，邮编：210009
出版社网址	http://www.jswenyi.com
印　　刷	北京中科印刷有限公司
开　　本	890mm x 1270mm 1/32
印　　张	8.75
字　　数	171 千
版　　次	2016 年 6 月第 1 版　2018 年 9 月第 8 次印刷
标准书号	ISBN 978-7-5399-9247-1
定　　价	36.00 元

如有印刷、装订质量问题，请致电 010-87681002（免费更换，邮寄到付）